DAS

Jannie Regnerus

# LAMM

Roman

Aus dem Niederländischen von Ulrich Faure

Weidle Verlag

Für Sierd

Joris beugte sich über ein Lamm, das auf dem Platz zurückgeblieben war, nachdem der Markt längst geschlossen hatte. Das Tier lag irgendwo in einer Ecke, auf einem Altar aus zusammengekehrtem Schmutz und Kartonfetzen, und war mit Mandarinenschalen und vergilbten Kohlblättern übersät. Es hatte die Beine angewinkelt, als wäre es in forschem Trab plötzlich tot umgefallen. In diesem stummen Lamm vollzog sich noch einiges andere; das weißgelockte Fell wurde stumpf, Fliegen mit grünschillernden Leibern krochen in die Ohrmuscheln und ließen sich auf den weit aufgerissenen Augen nieder, die längst ihren Glanz verloren hatten und auf etwas zu starren schienen, das weit von dem Kind und den Pappeln rund um den Platz entfernt in der Luft trieb. Lange hatte Joris so dagestanden, mit rundem Rücken, die Hände auf die Knie gestützt, ebenso reglos wie das Objekt seiner Aufmerksamkeit. Auf einmal richtete er sich auf und rieb sich mit dem Handrücken die Augen, um dann zum *Hotel de Tunis* zu hüpfen, wo die Farbe von den Wänden blätterte und ockerfarbenes Wasser aus den Hähnen tröpfelte, eine passende Kulisse für eine erste Begegnung mit der Endlichkeit.

So aufmerksam, wie Joris sich in Tunis über das Lamm gebeugt hatte, genauso konzentriert hatte Clarissa in den ersten Wochen nach seiner Geburt an der Wiege gestanden und ihn betrachtet, als könne sie sein Wachstum in flagranti ertappen. Nach jedem Erwachen schien er sich ein wenig verändert zu haben, schien sich sein Nasenrücken einen zusätzlichen Millimeter weit aus dem runden Gesicht zu erheben, und nach jedem neuen Schlaf klärte sich das trübe Blau hinter seinen geschlossenen Augenlidern, und ein reines Ultramarin kehrte zurück.

In dem rostigen Gitterbett auf Zimmer 6 wollte der Schlaf nicht kommen; wenn ein Lamm starb, konnte er es dann auch? Die Tonhöhe seiner Stimme verriet leichte Panik, und Clarissa sah Ungläubigkeit in seinem Blick. Die Frage hatte sie überrumpelt, mußte das wirklich jetzt schon sein? Sie hatte noch keinen wasserdichten Plan, keine tröstliche Erklärung fürs Sterben, sie hatte angenommen, sich dafür noch alle Zeit der Welt lassen zu können. Eine Notlüge war nicht die Lösung, die Wahrheit würde doch einmal ans Licht kommen. Mit Vorsicht beschönigte sie das unausweichliche Schicksal, das Lamm auf dem Markt wurde zur Ausnahme von der Regel, denn Sterben, das war etwas für alte Leute. Sie listete auf, wer und was er zuerst noch werden mußte: Halbwüchsiger, Jugendlicher, Student, erwachsener Mann und Vater, Großvater und mit etwas Glück sogar Urgroßvater, genau wie der alte Joris, sein Namenspatron. Die Länge dieser einzelnen Lebensphasen demonstrierte sie mit weit ausgebreiteten Armen wie ein Angler, der seinen Fang schamlos übertreibt. Der Moment zu sterben wäre für ihn noch lange nicht absehbar, entschied sie laut und wies auf etwas hinter den abblätternden Wänden des *Hotel de Tunis,* unvorstellbar weit weg, jenseits der Wüste und Lichtjahre von seinem Bett entfernt.

Ostersonntag im Wald. Clarissa stiefelt im Marschtempo vorneweg, sie braucht den Vorsprung. Mit zehn Metern Abstand folgt ihr Joris, der vornübergebeugt den Weg absucht; an seiner linken Hand baumelt ein Weidenkörbchen. Er sucht und findet die Schokoladeneier, die sie so unauffällig wie möglich durch die Finger gleiten läßt. Der Wald dampft; jetzt, da der Regenguß aufgehört hat, steigen feuchte Wölkchen aus dem Laub und von den Stämmen wie auch von den Sträuchern und Holzzäunen auf.

Früher am Morgen war der Himmel tiefschwarz gefärbt gewesen, und während in der Ferne die ersten Blitze mit spleißendem Krachen einschlugen, sog sich in der Stadt alles für einen Moment mit Farbe voll. Eine Minute, in der die Grachten nicht mit Wasser, sondern mit Quecksilber gefüllt zu sein schienen. Fahle Ziegeldächer begannen ein leuchtend orangefarbenes neues Leben, und die Dächer waren anstelle von Zink in Blattgold gefaßt. Laternenpfähle, versilbert in Reih und Glied. Über der Stadt segelten Möwen, schneeweiße Punkte, und auf den Straßen herrschte Verkehr, der nur aus nagelneuen Autos bestand.

Die Welt hinter dem Fenster wirkte wie ein Gemälde, dessen Farbschichten gerade erst aufgetragen worden waren, eine Farbexplosion, die Erinnerungen an *Die Anbetung des Lamm Gottes* weckte, das Altargemälde der Gebrüder van Eyck in Gent, das Clarissa als Kunststudentin mehrmals aufgesucht hatte. Bei jedem Besuch war sie aufs neue von der Vitalität der Farben beeindruckt. Das Ultramarin des Mantels der Maria, aus feingemahlenem Lapislazuli hergestellt, hell und tiefblau wie der Himmel. Das Zinnoberrot von Gottes Gewand, eine Mischung aus Quecksilberschwefel und Gold, der Farbe frischen Blutes. Und das Grün der Kutte von Johannes dem Täufer, das auch nach Jahrhunderten noch frisch und saftig wie Blätter im Frühling wirkt. Sie erinnert sich an das Lamm auf dem mittleren Tafelbild und wie es trotz der heftig blutenden Wunde in der Brust fest auf den Altar gepflanzt stand, von wo aus es dem Betrachter stolz, fast keck ins Auge blickte. In seiner Welt schillerten noch die kleinsten Details, als würde alles ständig von Unwettern heimgesucht.

Regenwasser sickert durch die Verzweigungen zum Stamm und findet von dort aus den kürzesten Weg nach unten, rinnt in schnurgeraden Linien wie schwarzer Sirup an der Baumrinde herab. Im Rhythmus eines Säers greift Clarissa den Rucksack, der vor ihrer Brust hängt, und läßt ihre Schätze auf und neben den Dünenweg fallen, eine Spur aus glitzernder Silberfolie. Bei jedem Fund stößt Joris Begeisterungsschreie aus, und mit Hingabe sucht er nach noch mehr Beweisen, mit denen er seinen Glauben an den Osterhasen rechtfertigen kann. Auf dem letzten Teil der Strecke hat sie noch so viele Eier übrig, daß sie sie großzügig ausstreuen kann. Nicht lange danach beginnt es mit dem Blut-Pinkeln.

Hellrot, man könnte es auch gerade noch als braun durchgehen lassen. Sie hört Joris sagen, daß es von all den Schokoladeneiern komme; er habe so viele davon gegessen. Er hat sie am Ärmel zur Toilettenschüssel gezogen. Während sie eng aneinander gedrückt in dem schmalen Raum stehen, rattert Clarissas Hirn, um zu einer unbedingt beruhigenden Erklärung zu kommen. Eine Blasenentzündung oder die verspätete Auswirkung der roten Bete, die sie vor zwei Wochen gegessen haben. Was nützt einem eigentlich ein derart beschönigungsbereites Gehirn, das alles tut, um die Welt wenigstens noch einen Augenblick als einen heilen Ort aussehen zu lassen? Genau wie in jener warmen Sommernacht, als sie von dem in seinen Nuten rappelnden Schlafzimmerfenster geweckt wurde, lauter, aber vor allem viel weniger gleichmäßig, als es normalerweise der Fall war, wenn der Wind daran rüttelte. Im Mondlicht hatte sie die Umrisse eines Mannes mit Baseballkappe erkannt, der mit beiden Händen den Schieberahmen vorsichtig immer ein Stückchen weiter nach oben stemmte. Clarissa hatte die Szene von ihrem Bett aus beobachtet, als ginge es nicht um ihr Schlafzimmer, sondern um ein Set in einem Filmstudio. Diese Version konnte sich freilich nicht lange behaupten und mußte bald einem zweiten Szenario weichen: Es konnte nur der Nachbar sein, der einen Ball aus dem Garten holen wollte, oder einer der Maler, der vielleicht einen Spachtel oder einen Pinsel liegengelassen hatte. Erst als der Mann sein linkes Bein über das Fensterbrett nach drinnen schwang, hatte sie ihn mit einem Edvard-Munch-Schrei zu Tode erschreckt und gehört, wie er katzenartig über den Zaun floh. Dann war es wieder still, als wäre nichts geschehen. Sie wußte nicht recht, was sie tun sollte: das Fenster schließen, sich umdrehen und weiterschlafen oder die Polizei rufen? Ihre Zweifel und ihr Bademantel standen in groteskem Kontrast zu der Hektik zweier uniformierter Polizisten, die nach diesem Fast-Delikt angestürmt kamen und Angst und Schrecken weiter schürten, so daß Clarissa die restlichen Stunden der Nacht damit verbrachte, sie mit Kaffee zu versorgen und ihre sinnlosen Fragen zu beantworten.

Sie wartet noch einen Augenblick, aber dann zieht sie beherzt an der Strippe, das Spülwasser verdünnt die rote Farbe, und die Pfütze gurgelt und fließt weg, als wäre nichts gewesen. Darüber hinaus ist Clarissas Hirn mit einem Farbregelknopf ausgestattet, mit dessen Hilfe sie alles in ein nicht weiter erwähnenswertes Rosa ausbleichen kann. Mit dem hartnäckigen Glauben an einen guten Ausgang machen sie mit ihren Osterplänen weiter und sitzen an diesem Nachmittag nicht in der Notaufnahme, sondern bei Opas Geburtstagsparty, wo sie und Joris kein Schokoladenei mehr anrühren, als ob sich damit das Blatt noch wenden ließe. Am nächsten Morgen pinkelt Joris das Zinnoberrot der altniederländischen Maler.

Es scheint nicht ungewöhnlich zu sein, Szenarien zu erschaffen, die beruhigen sollen; selbst der Hausarzt bleibt lange gelassen und versucht das Übel mit Antibiotika zu bekämpfen. Erst eine Woche nach Ostern sitzt Clarissa im Kreiskrankenhaus mit einer halben Pobacke auf dem Stuhl neben Joris, der mucksmäuschenstill auf einer schmalen Pritsche liegt, auf einer eigens für den neuen Patienten ausgerollten, raschelnden weißen Papierunterlage. Unbehaglich reibt er die Spitzen seiner abgelatschten Turnschuhe aneinander.

In Clarissas Handtasche schmort ein Gluthaufen Panik; zehn durchsichtige Röhrchen, in denen sie normalerweise Filmrollen aufbewahrt, jetzt sind sie mit Joris' Urin gefüllt. Kurz zuvor hatte sie die auf dem Schreibtisch des Kinderarztes aufgebaut, eine bunte Sammlung von rot, röter, am rötesten. Clarissa hat gesehen, wie der Arzt bei diesem Anblick zusammenzuckte, das konnte auch Joris nicht entgangen sein.

Die Reisetasche mit Pyjamas und Zahnbürsten steht noch immer verschlossen zu Füßen des Stuhls, denn nichts soll den Eindruck erwecken, daß sie hier bleiben werden, sie sind hierher gekommen, um im Anschluß erleichtert nach Hause zu gehen. Der Radiologe zieht den Kinderpulli hoch und drückt routiniert einen Klacks Gel auf den Bauch, fährt mit dem Ultraschallgerät rund um den Bauchnabel und über die Leisten hin und her, links, dann wieder rechts und noch einmal links, er beobachtet aufmerksam die schwarzen und weißen Flecken auf dem Bildschirm, den er ein Stückchen gedreht hat, damit auch Clarissa mitschauen kann. Beim letzten Mal, als sie so eine Ultraschallaufnahme gesehen hat, lag sie selbst auf einer schmalen Untersuchungspritsche, und Joris war zur Gänze ins Bild gekommen. Erwartungsvoll hatte sie sein Profil mit dem Blick aufgesogen; ein Köpfchen in Mandarinengröße und seine so charakteristische Stupsnase, an der sie seit seiner Geburt die Spitze ihres Zeigefingers hunderte Male hat entlanggleiten lassen. Nun zeigt der Bildschirm seinen Bauch, und sie starren auf seine Eingeweide. Eine Überblendung mit sechsjährigem Abstand, denkt Clarissa.

Dann dreht der Mann entschlossen den Bildschirm weg und verläßt den Raum, ohne etwas zu sagen, um nur wenig später mit einem Kollegen zurückzukehren. Sie zeigen auf das Bild, setzen Punkte und ziehen Linien, sie murmeln etwas, das wie das Namensschildchen neben einer exotischen Blume im botanischen Garten klingt. Beide sehen besorgt aus, aber ihnen ist auch ein Anflug von Aufregung anzumerken, die professionelle Faszination für ihre Entdeckung. Mit einer Stimme, die plötzlich raspelig klingt, fragt Clarissa, ob es etwas Besonderes zu sehen gäbe. Die Männer blicken verstört auf, aber niemand sagt etwas, sogar die pädagogische Mitarbeiterin mit ihren Jungmädchenpickeln ist verstummt; sie hat das Muffin-Backen mit zwei älteren Patienten unterbrochen, um Joris mit Witzen und Faxen durch diese Untersuchung zu lotsen, aber der fühlt sich zunehmend unwohl, und je länger die Stille anhält, desto tiefer werden die Dellen um sein Kinn, ein Vorbote von Tränen. Clarissa legt eine Hand auf seine Stirn und versucht mit der anderen Hand, das Kinn zu glätten.

Dann greift die junge Pädagogin lautstark in den Vorrat ihres angelernten Wissens. Daß »wir« nicht gleich vom Schlimmsten ausgehen sollten. Daß »wir« ruhig abwarten müßten. Daß »wir« sofort vom Kinderarzt informiert werden. Ihre Worte bleiben zentnerschwer im Raum hängen, niemand widerspricht ihnen, und die Radiologen vermeiden jedweden Augenkontakt.

Der Körper begreift es als erster. Clarissas Bauch, ein Jutesack voller blinder Kätzchen, der mit Ziegelsteinen beschwert im Wasser versinkt. In der Tiefe regt sich noch heftiger Widerstand, Gezappel und ein paar letzte Luftblasen. Sie schleppen sich zurück in die Kinderstation, Joris' schwitzige Hand fest in ihrer. Die Pädagogin hat eine Mission, sie läuft vorneweg, bringt sie, die dünne Aktenmappe unter dem Arm, an die Front, obwohl Joris und Clarissa keineswegs dafür gekleidet sind, Joris in seinen Turnschuhen und Clarissa mit ihren Sandalen. Kanonenfutter.

Die Pädagogin wirft einen suchenden Blick über die Schulter, erschrickt, was sie da zu sehen bekommt, und erkundigt sich nach Joris' Lieblingstier.

»Eine Schildkröte«, antwortet er mit dünner Stimme.

Vielleicht hatte sie eher mit einem Tiger oder Löwen gerechnet, denn sie schweigt, dreht sich abrupt um und fragt erstaunt: »Warum eine Schildkröte?«

»Weil die dreihundert Jahre alt werden kann.«

Direkt unter der Decke hängt ein Blutzirkulationssystem mit roten und blauen Kabeln. Durch eines von ihnen eilt ihnen die Diagnose über ihre Köpfe voraus. Als sie an einer Flur-Kreuzung ankommen und die junge Frau mit dem Dossier geradeaus marschiert, muß Clarissa sehr an sich halten, um Joris nicht mit sich zu ziehen, in den anderen Flur, von dem sie weiß, daß sich da am Ende die gläserne Drehtür zur frischen Luft befindet.

Empfänger und Überbringer der Nachricht bekommen beide einen Moment Zeit sich vorzubereiten. Joris ist mit der Muffin-Bäckerin im Flur geblieben, und Clarissa hört, wie er lachend auf einem Dreirad an der Tür vorbeistrampelt. Dieses Lachen biegt immer wieder um die Ecke und erstirbt dann, nur um kurz darauf anzuschwellen und in voller Lautstärke erneut vorbeizukommen.

Clarissa sitzt auf der Bettkante, im Spiegel des Fensters sieht sie wie eine wartende Frau aus. Der Kinderarzt hat die Zeit genutzt, um seine ernsteste Miene aufzusetzen, mit der betritt er den Raum, gefolgt von einer älteren Krankenschwester, die leise die Tür hinter sich schließt. Clarissa kann nicht anders, als das für einen modernen Tanz, eine Schlechte-Nachrichten-Choreografie, zu halten. Alle Bewegungen werden im betont trägen Tempo eines extrem langsamen Gehirns ausgeführt. Das Näherkommen des Arztes mit seiner schneeweißen Hose und den Sportschuhen, die immer einer nach dem anderen langsam abrollen, vorsichtig wie ein Reiher, der sich im Sumpf fortbewegt. Die Zeit wird in die Länge gezogen, Minuten, in denen noch nichts verkündet werden muß. Der Arzt faßt nach einem Stuhl, nimmt Platz und schlägt die Beine übereinander. Zuerst links über rechts und dann andersherum. Sie können hier vorerst nicht weg, die unentschlossene Beinhaltung ist ein weiterer Haken auf der falschen Seite der Vorzeichen-Liste. Mit großer Hingabe betätigt er immer wieder den Knopf seines Kugelschreibers. Clarissa schnüffelt schnell an ihrer Achselhöhle und riecht Pappkartons, die zu lange im Keller gestanden haben:

unverkennbar Angstschweiß. Unwohl blickt sie sich im Zimmer um, als suche sie nach etwas, wo sie ihn loswerden könnte, vielleicht im Mülleimer. Die Krankenschwester wählt eine eigenartige Position, setzt sich schräg hinter ihr auf das hohe Bett.

Während die Schwester sich angespannt aufrichtet, räuspert sich der Arzt. Er beginnt behutsam und in kurzen Sätzen, als suche er noch nach der richtigen Tonhöhe und stimme seine Saiten. Ja, wissen Sie. Es ist so. Wir haben etwas entdeckt. Erschrecken Sie nicht. Etwas Seltenes. Wir sind nicht sicher. Einmal in Gang gekommen, ist sein Redefluß nicht mehr zu stoppen. Dann fällt das Wort Tumor, und obwohl sich sein Mund noch immer rhythmisch öffnet und schließt, versteht Clarissa kein Wort. Die blau gemalten Bärchen auf dem Fenster verschwimmen zu Flecken, die genauso unscharf sind wie die auf dem Bildschirm des Radiologen. Was sie wohl hört, ist, wie Joris auf der anderen Seite der Tür auf seinem Dreirad immer schneller seine Runden dreht.

Das Fünfbuchstabenwort füllt ihren ganzen Kopf aus, da paßt nichts mehr dazu, die Nachricht breitet sich physisch im Rest ihres Körpers aus, gleitet wie beißende Säure durch ihre Speiseröhre in den Magen, der sie mit heftigen Krämpfen aufnimmt und sie so schnell wie möglich in den Darm weiterleitet, der sofort versucht, sich ihrer zu entledigen, aber dieser Anfall wird gerade noch rechtzeitig durch einen Anstandsreflex aufgefangen.

Mehr als das bewirken die Worte des Arztes noch nicht. Im Zimmer ist es totenstill, niemand fällt um, die

Bettdecke bleibt weiß. Das Fünfbuchstabenwort hängt noch nicht an Joris, es ist etwas zwischen ihr und dem Arzt, und auf welche Weise könnten sie es dabei belassen? Der Überbringer sieht sie entschuldigend an, eine Reaktion wird erwartet. Sie weiß nicht, welche. Sie weiß nur, daß das Urteil so schnell wie möglich rückgängig gemacht werden muß – Irrtum, falsche Akte, verkehrter Patient, technische Störung am Ultraschallgerät, Schreibfehler, schlechter Witz, Alptraum. Wie auch immer, sie müssen zu dem Zustand von gerade eben zurück, ehe diese Worte ausgesprochen wurden. Sie stellt sich den Arzt mit seinen Schuhen beim Moonwalk vor, rückwärts aus dem Zimmer, er saugt seine Worte wieder in sich hinein, die Tür schließt sich, und sie ist einfach nur wieder eine wartende Frau auf der Kante eines weißen Bettes. Clarissas heißgelaufenes Hirn hat keine Beziehung zum Rest des Körpers, denn der ist kalt und schlaff. Eine Kaulquappe, das ist sie, rasend schnell muß sie sich starke Gliedmaßen wachsen lassen, um für die neuen Umstände gerüstet zu sein.

Sie besieht sich die Situation von oben, drei Personen in diesem Raum, zwei von ihnen in schneeweißer Uniform und die mittlere mit noch zugeknöpftem Mantel, der jetzt mal wirklich ausgezogen gehört: Vorläufig werden sie ja noch hier bleiben. So ist es also, eine Schreckensnachricht entgegenzunehmen, das ist in einer Minute getan, eher weniger, es ist eine Frage von Sekunden, von ein paar Atemzügen, die als Worte den Mund eines Menschen verlassen. Auf dieses Ziel hin haben sie in den vergangenen Jahren wie sorglose Trottel getanzt, was für ein Übermut! Noch vor vierundzwanzig Stunden hat sie summend in der Küche gestanden und auf die Schreie gelauscht, die aus dem Nebenzimmer kamen. Joris war mit seinem Holzschwert zugange, sein Vater spielte den verwundeten Drachen. Sie hatte an den Knöpfen des Herdes gedreht, Dinge in den Ofen gestellt, Dinge aus dem Ofen genommen. Papa und Mama, von denen ohne Kind nicht viel übrigblieb. Von der Bettkante aus wirkt alles wie eine Posse, bei der der Teufel souffliert, der sich schon seit geraumer Zeit in der Abzugshaube versteckt hält.

Sie schaut auf ihre Hände; unvorstellbar, wie sicher die gestern mit dem rasierklingenscharfen Messer hantiert haben, wie treffsicher sie eine Zwiebel hackten und Tomaten häuteten. Die Hände von gestern wirken wie entfernte Verwandte der zitternden Exemplare jetzt auf ihrem Schoß. Der Moment in der Küche steht ihr kristallklar vor Augen, sie weiß nun, daß die Vorbereitung dieses Abendmahls die Todesstunde der Sorglosigkeit gewesen ist, der Routinehandlungen, der heiligen Rituale, mit denen sie das Böse nicht hat abwehren können.

Sie schaut gehetzt hin und her, was haben sie hier noch zu suchen? Jede Minute, die mit Trost oder Nachdenken verbracht wird, ist verlorene Zeit. Sie will mit Joris unter dem Arm zum Operationssaal laufen, ihn dort auf den Tisch legen, »reinigt dieses Kind, reinigt dieses Kind vom Übel!« Der Arzt ist wieder mit dem Kugelschreiber beschäftigt, er öffnet den Mund und redet weiter. Daß so schnell wie möglich eine weitere Untersuchung in einer Spezialklinik nötig ist, daß morgen früh noch eine Lücke im Kalender des Kinderonkologen ist, daß die Krankheit verschiedene Stadien durchläuft und daß sie morgen herausfinden müssen, in welchem Joris sich befindet. Die Worte prasseln auf sie nieder wie eine Sintflut, die von nichts aufzuhalten ist. Taumelig sucht sie nach einem Fixpunkt am Horizont, die rosa umrandete Winnie-Pooh-Uhr, die über der Tür hängt, der Sekundenzeiger dreht sich zittrig im Kreise, die Zeiger stehen auf zwei Uhr, 1. April. Das wäre genau der Moment, in dem ein Klinikclown in karierter Pluderhose und mit einer Sonnenblume im Haar in den Raum gestürmt kommen sollte, um lachend schreiend aus seinem rotgemalten Mund zu verkünden, daß es doch bloß der Ulk des Tages gewesen sei. Die Tür bleibt geschlossen.

Alles steht noch an seinem Platz und wird durch den sanften Schein der Nachttischlampe beleuchtet. Das Bett, das in der Ecke des Zimmers an einer Holzfurnierwand steht. Das uralte Schulbänkchen am Fenster. Der Fußboden ist mit Spielzeug übersät, Clarissa tritt vorsichtig über den Plastikkran und die Legosteine hinweg. Die Kuschelteddys grinsen sie alle mit einer vernähten Wunde an. Der Kinderarzt hat Joris nach Hause entlassen, für morgen früh sind sie als Notfall im Kalender des Spezialisten notiert, der untersuchen wird, ob – aber sie bekommt das Wort nicht über die Lippen, allein ein Aussprechen wäre Metastasierung.

Joris liegt im Hochbett, eine Zwischengröße mit der Matratze auf Brusthöhe von Clarissa. Letztlich ist es nichts weiter als eine Holzfassung auf hohen Stelzbeinen, die Schrauben ordentlich angezogen, das Treppchen fest installiert, denn ihm darf nichts passieren. Als sie nach dem schlafenden Kind sieht, wird ihr klar, daß sie ihm viel zuwenig Aufmerksamkeit gewidmet hat, sein rasendschnelles Wachstum ist ihr wieder einmal entgangen.

Die weggestrampelten Decken bedecken den Körper nur zum Teil, vorsichtig legt sie ihr Ohr auf seine Brust und lauscht auf die ruhigen Schläge des Herzens. Tiefer, unterhalb des Nabels, blubbern die Eingeweide. Da drinnen klingt es wie immer, alle geben ihr Bestes, sie einzulullen, selbst das Mondlicht, das die Vorhänge mit einer weißen Borte umsäumt, in erster Linie aber die ruhige Atmung des Kindes in diesem Meer der Stille. Sie muß auf einmal an den Zeitungsbericht über einen

Japaner denken, der am Tag nach dem Tsunami von Rettungsleuten fünf Kilometer von der Küste entfernt in einer absurden Stille aufgefunden wurde, wie er breitbeinig auf dem Dach seines Hauses saß, das wie ein halb aufgeschlagenes Buch im Meer trieb. Sie möchte Joris streicheln, ihn festhalten, aber ihre Hände sind eiskalt, sie würde ihn aufwecken. Das Wasser ist schon bis zur höchsten Stufe der Holztreppe gestiegen, noch ein bißchen, und das Hochbett löst sich vom Boden und treibt aufs offene Meer hinaus.

In dieser Nacht kommt kein Schlaf. Clarissa irrt durch das dunkle Haus und wirft hin und wieder einen Blick durch die Vorhänge nach draußen. Im abgedunkelten Büro auf der anderen Straßenseite flackert im dritten Stock ein violettes Sternensystem über einen Computerbildschirm. Die Straße, die Bürgersteige, alles macht einen feindseligen Eindruck. Die exakt in Reih und Glied stehenden Laternen werfen jede für sich ein kegelförmiges Suchlicht auf den Asphalt, dem ist nicht zu entkommen. Die Silhouette des Trafohäuschens von gegenüber baut sich vor ihr auf wie ein Panzer, der sein Geschützrohr auf ihre Haustür richtet und sie jeden Moment in tausend Stücke schießen kann und dann durch das qualmende Loch hereingedonnert kommt, um alles und jeden unter seinen Ketten zu zerquetschen.

Alles und jeden, dieser Gedanke ist seit gestern auf eine einzige Person reduziert; in der Finsternis zählt Clarissa die Stunden, die Minuten, die Sekunden, seine Zellteilungen. Als das Schwarz hinter den Vorhängen schließlich einem metallischen Blau weicht, geht auf der Straße eine Autoalarmanlage los, ein hohes rhythmisches Fiepen, auf das eine einsame Amsel im Hinterhof überstürzt antwortet und vor Schreck gleich ihre ganze Morgenmelodie herunterleiert. Zwei Stunden früher als sonst deckt Clarissa den Tisch, an dem Joris später ganz gefaßt sitzt, sein Butterbrot ißt und eine Tasse Milch trinkt, er ist aufgeregt, weil er heute nicht zur Schule muß. Als dieser Rettungswagen ohne Sirene aufbricht, herrscht morgendlicher Berufsverkehr, der sie zwingt, in quälendem Schrittempo zu fahren; bei der Anmeldung im Krankenhaus müssen sie sich ganz hinten in die Patienten-Schlange stellen. Als Joris endlich an der Reihe ist, kostet es die Mitarbeiterin an der Patientenaufnahme mit ihren langen angeklebten Fingernägeln einige Mühe, den leuchtend-orangefarbenen Sticker mit der Aufschrift »eilig« vom Klebebogen abzuziehen und auf die Akte zu pappen. Das Etikett ist genau dasselbe, wie man es auf eine zerbrechliche Postsendung klebt, und dann kann man nur hoffen, daß sie ihr Ziel unversehrt erreicht.

Da steht Joris nun in seiner Unterhose mit Eisenbahnmotiv, Brust und Bauch an eine weiße Platte gepreßt und die Arme darum geschlungen. Zwei blaue Streifen beleuchten seinen Rücken, der eine teilt den Rücken der Länge nach in zwei Hälften, der andere zieht den Horizont auf Höhe seiner Lungen, Zielpunkt ist die Stelle, wo sie einander kreuzen. »Einatmen, festhalten und ganz still stehen«, instruiert der Radiologe mit der Bleischürze. Joris holt hörbar tief Luft, wie er es macht, wenn er beim Schwimmunterricht durch »das Loch« tauchen muß. Der Radiologe zieht Clarissa hinter eine Glaswand, von wo sie beide, vor der Strahlung geschützt, zusehen. Unter solchen Umständen eine erschwerende Vorsichtsmaßnahme, findet Clarissa, weil sie den Abstand zwischen Joris und ihr in Zeit und Raum unnötig vergrößert; sie tritt drei Schritte nach rechts.

Das goldene Licht geht mit einem Klick an; während sie auf den schmalen Rücken ihres Sohnes schaut, denkt sie an Italien, wo sie eine romanische Basilika besucht hat, mit schießschartenkleinen Fenstern in der Mauer, Fenstern, die so wenig Licht hereinließen, daß man sich drinnen fast nur tastend bewegen konnte. Als sich ihre Augen dann an das Dunkel gewöhnt hatten, entdeckte sie hier und da einen metallischen Leuchtkasten in der Größe einer Parkuhr, sie waren strategisch vor stockfinsteren Nischen aufgestellt; in denen hingen die Kunstschätze. Wenn man sie ansehen wollte, mußte man eine Münze in den Leuchtkasten werfen. Sobald das Geld auf den Boden klimperte, sprang eine Lampe an, die auf das Gemälde oder die Marmor-Pietà in der

Nische gerichtet war. Das helle Licht erlöste die dargestellten Heiligen für einen Moment aus ihrer klammen Düsternis, sechzig Sekunden lang leuchtete das wärmende Licht ihre rissige Haut an und ging vielleicht noch tiefer, wie eine Bestrahlung ihrer kranken Eingeweide, um nach exakt einer Minute mit einem kalten Klicken wieder zu verlöschen.

Bei seiner Umarmung der kalten Platte schluchzt Joris jetzt so sehr, daß die blauen Streifen auf dem Rücken zittern. Der Radiologe beschwert sich, daß es so nicht klappen wird, und ermahnt ihn mit strengen Worten, sich zusammenzureißen. Clarissa geht zu ihm, und sie fangen gemeinsam das Licht auf; sie in eine Bleischürze gesteckt und er nackt.

Fallen ihm die Haare aus?« Als Clarissa diese Frage im Flüsterton stellt, wird ihr bewußt, wie lächerlich sie klingt, wenn man einer Onkologin gegenübersitzt. Natürlich werden ihm die Haare und wer weiß was noch ausfallen, sie sind nicht hier, um einen Schönheitswettbewerb zu gewinnen. Sie hat in den vergangenen Stunden tausendmal versucht, sich Joris mit Glatze vorzustellen. Die flauschige Baby-Periode liegt noch nicht lange hinter ihm, das sollte also nicht so schwer sein. Trotzdem gelingt es nicht. Joris spielt in der Zimmerecke mit Playmobil-Figuren, er tauscht braune gegen schwarze Haarschöpfe.

In dieser Abteilung tragen die Ärzte keine weißen Kittel. Die Frau mit silbernen Steckern in den Ohren, rosa geschminkten Lippen, gestreiftem Pullover und marineblauer Hose nickt freundlich und sagt: »Das ist von Fall zu Fall verschieden, wie es bei Joris verlaufen wird, kann ich nicht vorhersagen.« Besorgt schaut Clarissa von der Ärztin zu Joris, sie möchte, daß die Frau leiser spricht, denn er kann alles hören. Die Ärztin fährt unbeirrt fort, artikuliert scharf, und jedes Mal, wenn sie seinen Namen laut mit dem K-Wort in Verbindung bringt, ist es, als schmeiße sie mit aller Kraft einen Ziegelstein auf Joris, den Clarissa nicht für ihn auffangen kann.

»Der eine ist nach der Behandlung in vierundzwanzig Stunden kahl, dem anderen fallen die Haare erst nach und nach aus, wie es bei Joris sein wird, weiß niemand.« Unvermittelt überkommt Clarissa das Bedürfnis, über den Schreibtisch zu klettern und ihr die Hand auf den rosa geschminkten Mund zu legen. Der Ernst der Lage muß so lange und so weit wie möglich von Joris ferngehalten werden. Bilder aus dem Film *Das Leben ist schön* schießen an Clarissas geistigem Auge vorüber, Bilder, wie ein jüdischer Vater und sein Sohn in einem deutschen Konzentrationslager landen und der Vater dem Kind das ganze Elend als geheimnisvolles Spiel zu verkaufen versucht, einen Wettkampf um Verzicht, und daß sie im Rennen um den Hauptpreis, einen Panzer, sind.

»Morgen fangen wir an«, sagt die Ärztin mit Nachdruck – klingt das weniger schlimm, als wenn sie sagte, es sei keine Zeit zu verlieren? Clarissa klaubt Hoffnung zusammen, wo sie nur kann, aus einem Augenaufschlag, einer Geste, aus den Wellenlinien eines Diagramms, aus Prozentzahlen. Auf der anderen Seite des Tisches die Erläuterung des Behandlungsprotokolls: Zuerst soll der Tumor einen Monat lang jede Woche mit einer Chemotherapie bombardiert werden, dann wird der Chirurg die kranke Niere entfernen und ein Pathologe das Organ untersuchen und einschätzen, wie wirksam die ersten Behandlungsschritte gewesen sind. Im besten Fall kommt Joris mit einem Kratzer davon, aber wenn die Zellstruktur komplexer sein sollte, geht die eigentliche Arbeit erst los, und dann wären mindestens zwanzig weitere Chemos nötig. Die Ärztin ist fertig. Clarissa ist erst bei der Hälfte ihrer Ausführungen, sie kommen mit Verzögerung und in Bildern bei ihr an. Die Möglichkeit, daß vielleicht noch zwanzigmal … da wächst sich der Giftbecher zu Eimergröße aus, mehrere Eimer in einer Reihe.

Lange hat alles an Joris wie die Verheißung gewirkt,

die ein leeres Heft ausstrahlt, ein frisches Blatt Papier, auf dem man sich kaum etwas anzufangen traut. Als sie mit ihm, eine Woche alt, zum ersten Mal nach draußen gegangen war, hatte sie mit dem Kinderwagen an der erstbesten Straßenkreuzung kehrtgemacht, sie war sich plötzlich über alle Maßen der Rußpartikel und der anderen Ausdünstungen der Stadt bewußt geworden, die unter das Verdeck wehen und in seine rosa Lungen eindringen könnten. Dieselbe Sorgfalt ließ sie bei allem walten, was er zu sich nahm, nach neun Monaten Muttermilch folgten Häppchen von Bio-Bananen und ungespritztem Gemüse, sein Körper sollte so lange wie möglich ein Tempel der Reinheit bleiben.

Auf der anderen Seite des Tisches wird mit Nachdruck darauf hingewiesen, daß sich die Wirkung des Giftes nicht auf das Innere des kindlichen Körpers beschränken werde. Wer ihn pflegt, muß jeglichen unmittelbaren Kontakt mit allem, was sein Körper an Feuchtigkeit abgibt oder Stoffen, die er ausscheidet – Spucke, Kot, Rotz, Erbrochenes, Ohrenschmalz –, meiden. Die Ärztin zieht eine Schublade auf und wedelt mit Gummihandschuhen. Clarissa drängt sich der Gedanke auf, daß Joris bald so giftig sein wird, daß er in der Nacht grün wie ein Glühwürmchen glimmt und an- und ausgeht. Sie will ihn sich unter die Haut stopfen, mit ihm wieder ein einziger großer Körper werden, dessen Beschwerden und Schmerzen sie auf ihre Kappe nehmen kann, während er sorglos Purzelbäume schlägt und wächst.

Es kommen noch mehr Grafiken mit Linien auf den Tisch, die auf dem Papier gezackten Bergrücken ähneln, der Krankheitsverlauf ist als Basislager markiert, und je weiter unten am Berg, desto besser stehen die Chancen. Wie sich Chancen zu Garantien verhielten, fragt Clarissa so leise wie möglich. »Es ist und bleibt ein Zufallsfaktor, die am schlimmsten Erkrankten schaffen es auf wundersame Weise, sich durch die schwersten Behandlungen zu schlagen, während ein leichterer Fall durch eine plötzliche Grippe …« Clarissa unterbricht die Ärztin. Sie hat verstanden. Innerhalb von vierundzwanzig Stunden muß der Schalter umgelegt werden von biologisch angebautem Gemüse auf Zytostatika, die jegliches Wachstum stillegen. Die bunte Ansammlung an Turnschuhen, Sandalen, Holzschuhen und Gummistiefeln, die in drei aufsteigenden Größen unter der Garderobe stehen, weil Joris' schnell wachsende Füße nur kurze Zeit in das jeweilige Paar passen, muß vorerst nicht vermehrt werden.

Im Garten hinterm Haus steht ein alter Kastanienbaum, dessen Krone bis an das Dach des großen Gebäudes reicht. Alle Fenster der hinteren Fassade, über drei Stockwerke verteilt, bieten Ausblick auf die fleischfarbenen Knospen, die an den Zweigen anschwellen. Hunderte Tumore, die jeden Tag ein bißchen größer und tödlicher werden. Vom Wintergarten im Erdgeschoß sieht Clarissa nur den Stamm und die unteren Äste. Da ist es den ganzen Tag schattig, und die Knospen werden nicht größer als der kleine Finger eines Neugeborenen. Sie winken vergeblich der Sonne zu, deren Licht täglich mehr Wärme abstrahlt. Beim Treppensteigen klettert sie höher in den Baum, aus dem Fenster im obersten Stock steht sie der Krone Aug in Aug gegenüber, Ästen voller Knospen, groß wie geballte Kinderfäuste. Einer dieser Zweige bohrt sich fast in das geöffnete Fenster hinein. Clarissa knallt das Schiebefenster herunter.

Es sind nicht nur die Geschwüre im Baum, es ist auch der Froschlaich, den Joris höchstselbst aus einem Wassergraben gefischt hat und der seit Tagen in einem Einweckglas auf dem Tisch vor sich hin wuchert und sich vermehrt. Daneben liegt eine Lupe, mit der sich die Zellteilungen hinter dem Glas genau verfolgen lassen. Vor weniger als einer Woche befand sich in jeder dieser durchsichtigen Murmeln nur ein winziger schwarzer Stecknadelkopf, der sich in den letzten Tagen rasend schnell in ständig wechselnde Interpunktionszeichen verwandelt hat; aus einem Punkt sind Bindestriche geworden, und wenn man nur lange genug über dem Einweckglas hockt, kann man beobachten, wie ein solcher

Strich gelegentlich versucht, sich zu einem Komma zu krümmen. Ein Komma zu werden scheint eine ziemliche Anstrengung zu sein, denn unmittelbar nach einem solchen Krampf streckte sich die Kreatur aus, um danach stundenlang wie tot in der Glasmurmel zu schlafen. In einem kleinen Teil des Gallerts ging es völlig schief, und es entstanden nur amorphe Klümpchen, die immer größer wurden, nichts konnte diese Wucherung aufhalten.

Seit sich die Kaulquappen eine nach der anderen aus ihrem Follikel befreit und mit ihren kleinen Schnabelschnäuzchen alle Mißgestalten aufgefressen haben, schweben sie ohne jede Bewegung im Einweckglas auf und ab. Mit ihrem runden, schwarzen Kopf und dem Streifchen als Schwanz sehen sie wie Ausrufezeichen aus. Clarissa trommelt mit den Fingerspitzen ans Weckglas, die Ausrufezeichen kommen in Bewegung und schwimmen als Ankündigung großer Gefahr im Kreis herum.

Joris' Schlafzimmer liegt an der Vorderseite des alten Herrenhauses. Wechselnde Grundwasserstände haben im Laufe eines Jahrhunderts die Holzpfähle des Fundaments angegriffen, weshalb sich das Haus auf einer Seite in den Boden senkt. Joris' Murmeln rollen wie von selbst in diese Richtung und sammeln sich an der Scheuerleiste. Clarissa räumt die Spielsachen auf, sucht die herumliegenden Stofftiere zusammen und setzt sie in der Mitte des Raumes zum Kreis, die Schnuten einander zugewandt, damit sie sich bereden können. Die kleinsten zu den größeren auf den Schoß, die langen Arme des Affen brüderlich um den langen Hals der Giraffe geschlagen. Sie hebt die Puzzleteile auf und setzt sie zusammen, stellt die umgefallenen Playmobil-Figuren wieder auf die Füße, setzt die Cowboys in den Saloon und drückt die Ritter mit ihren steifen, geraden Beinen auf die gesattelten Pferde. Auf Joris' Kopfkissen liegen blonde Haare; jeden Tag werden es mehr. Sie pickt eins nach dem anderen mit Daumen und Zeigefinger auf und sammelt sie auf der Handfläche.

Das Zimmer hat zwei große Schiebefenster, die auf ein potthäßliches Bürogebäude blicken, das wie ein aufgeklapptes Triptychon auf einem Parkplatz steht, zwei Flügel und der Mittelteil. Es hat sieben Stockwerke, an deren Spitze ein gläserner Aussichtsturm thront, wo manchmal Empfänge stattfinden, dann versammelt sich das Personal um die hüfthohen Stehtischchen. Das hohe Gebäude wirft zu fast allen Tageszeiten seinen kalten Schlagschatten auf die Häuser der Straße. In Japan wäre das Grund genug, dem Besitzer eine Steuer aufs Auge zu drücken, die sensiblen Japaner wissen den Wert des natürlichen Lichts zu schätzen; bei Vollmond reißen sie Türen und Fenster sperrangelweit auf, damit das Mondlicht einströmen und Haus und Bewohner reinigen kann.

Der permanente Schatten durch das Büro auf der anderen Straßenseite sorgt für ein feuchtkaltes Raumklima und damit für Silberfischchen im Haus, Ungeziefer, das sich am liebsten in Büchern versteckt, um langsam, aber stetig die Buchstaben aufzufressen. Um sie zu bekämpfen, ist ein Kipper mit Muschelstaub die ganze Strecke aus Friesland gekommen und hat seine salzige, feuchtigkeitsabsorbierende Ladung in die Hohlräume geschüttet. Das erhoffte Ergebnis bleibt aus, die Silberfischchen vermehren sich in biblischem Tempo, aber für Clarissa ist es eine tröstliche Vorstellung, mitten in der Stadt auf einem Stück Meeresgrund zu leben.

In den Bürofenstern auf der anderen Straßenseite sieht sie tagtäglich ihre eigenen Beschäftigungen gespiegelt, auf beiden Seiten der Straße tanzen Fingerspitzen über Tastaturen, es wird viel aus dem Fenster gestarrt und an Bechern genippt. Clarissa wohnt lange genug hier, um die Mitarbeiter da drüben allein anhand ihrer Frisuren unterscheiden zu können. Jeder von ihnen hat einen festen Platz im Fensterrahmen und hält dort durchschnittlich acht Stunden lang einen Drehstuhl besetzt. Eine Dame mit grauem Haarknoten gehört hinter Fenster zwei im dritten Stock der mittleren Tafel. Der kahl werdende Herr am fünften Fenster in der linken Tafel ist abends immer der Letzte und vergißt oft, seinen Computer herunterzufahren. Das einzige, was sich von Fenster zu Fenster bewegt, sind die

Putzfrauen und die Girlanden und Luftballons, denn in einem so großen Gebäude hat immer einer Geburtstag. In der aufsteigenden Wärme über den Heizkörpern bewegen sich die Ballons am ersten Tag tänzelnd hin und her und ruckeln aufgeregt am Seil, aber schon am zweiten Tag lassen sie das Köpfchen hängen, um in den Tagen danach nur noch weiter zusammenzuschrumpfen.

Punkt sechs kommen die Frauen in den unförmigen Gewändern, ausgestattet mit Kopf- und Staubtüchern, mit denen sie systematisch alle Schreibtische und Fensterbänke wienern. Ihre Männer warten draußen in Autos mit im Leerlauf ratternden Motoren. Eine Prozession rostiger Mittelklassewagen mit einer klaren Vorliebe für die Wüstenfarben Beige und Braun. Aus jedem geöffneten Autofenster hängt ein Ellbogen, Zigarettenasche wird abgestreift. Zusammen mit dem Rauch wehen melancholische Klänge durch die Straße.

Die Stilleben aus Schmutz auf den Bürgersteigen vor dem Haus rücken Clarissa immer dichter auf die Pelle, die Zigarettenkippenhäufchen, die zerrissenen Papiertüten mit leeren Bechern und Hamburgerverpackungen. Die in die Sträucher gewehten und zu Papierbrei aufgeweichten Werbeprospekte, die Coladosen im Rinnstein, die Scherben einer weggeworfenen Bierflasche, die Umrisse von angetrockneter Kotze in einer Hausnische. Es hört nicht bei Hundescheiße auf, neulich lag sogar eine vollgeschissene Windel mitten auf dem Bürgersteig. Metastasen im öffentlichen Raum. Schmutz, der sich völlig lautlos und in tödlicher Gestalt durch die Ritze unter ihrer Haustür nach drinnen gearbeitet hat. Sie müssen hier so schnell wie möglich weg.

In Ermangelung von Feldern, Schilf und Gras brütet eine Schwänin ihre Eier auf einer Palette in der Gracht aus. Sie hat das Nest aus Abfall gebaut, und unbeirrbar ordnet sie die Bestandteile neu, räumt sie mit anmutigen Halsbewegungen von vorne nach hinten, von links nach rechts; so muß ein Plastikbecher von einer auf die andere Seite, aber kurz darauf stellt sie ihn doch wieder an den ursprünglichen Platz zurück, dasselbe wiederholt sie mit einem ausgedrückten Apfelsaftkarton und dann mit einem Papierknäuel. Nutzlose Manöver. Es ist, als betrachte Clarissa sich selbst und ihren eigenen schludrigen Haushalt, alles, was sie aufhebt, wird höchstens einen Meter bewegt oder sofort zurückgelegt. Staub klebt wie Pelz an den Scheuerleisten. Wäsche, die nicht mehr in den Korb paßt, türmt sich auf Stühlen oder ergießt sich wie ein Textilwasserfall von den Treppenstufen. Erst wenn der Geschirrschrank nach Tagen leer ist und sie wohl oder übel mit dem Abwasch anfangen muß, stellt sie sich vor, daß sie statt Spülmittel ein kanariengelbes Zytostatikum in das heiße Wasser spritzt. Dann poliert und schrubbt sie Teller und Gläser, bis ihre Hände feuerrot anlaufen. Minutenlang kann sie vor dem Wäscheschrank stehen und die Kleidungsstücke betrachten, die wie Kraut und Rüben auf den Regalbrettern liegen, der Anblick erinnert an einen eilig gepackten Fluchtkoffer. Wenn sie aus dem Knäuel drei Hemden gefischt hat und beginnt, einen Stapel zu bauen, läßt sie ihre Arme bald wieder sinken.

Passend für jedes Wetter liegen Kinderschuhe im Korridor herum. Immer, wenn Clarissa sich vornimmt, zu klein gewordene Paare zusammenzusuchen und den ersten Schuh hochhebt, verliert sie sich in den Anblick der abgelaufenen Sohle, mit der Joris kilometerweit über Rasen und Pflastersteine gerannt ist, schaut sie auf das dünn gewordene Leder an der Spitze, das ausgiebig Bekanntschaft mit Schlamm, Bretterzäunen und regenbogenfarbenen Wasserpfützen gemacht hat, jeder Schuh ein Symbol für Joris' Lebenstrieb.

Als Clarissa und Joris nach draußen gehen, sehen sie zwischen den geparkten Autos vor ihrer Tür eine Wasserpfütze, auf der ausgelaufenes Benzin treibt. Es zaubert Perlmuttglanz auf die Oberfläche, der die Farben von Violett nach Blau und von Gelb nach Grün schillern läßt wie am Hals einer Taube. Joris beugt sich über die Pfütze und ruft mit seiner hohen Kinderstimme in einer Mischung aus Unglaube und Freude, daß der Regenbogen hier anfange, bei ihnen an der Tür. Er ruft es immer wieder, wohl fünf Mal.

Vielleicht ist das vorerst ihr größter Verlust, denkt Clarissa, daß sie keinen Blick mehr für Schönheit hat. Sie sieht nirgendwo mehr Anfang, nur noch Ende. Ihr Blick hakt sich an kaputten Dingen fest und macht sie noch toter, als sie ohnehin schon sind – der dürre Baum gegenüber ihrem Haus, der im letzten Herbst unsachgemäß zurückgeschnitten wurde und jetzt kein einziges Blatt mehr trägt. Die Furche aus Papierbrei unter einer Anzeigetafel, eine einzige Matschpampe, aus, vorbei, verpaßt, gewesen. Die ins Wasser geschmissenen Plastiktüten, die wie Quallen knapp unter der Oberfläche treiben, leer, aber eine Masse umschließend. Dem Wind und der Strömung ausgeliefert, schippern sie in der Gracht hin und her, um jedesmal etwas tiefer einzutauchen. In letzter Zeit fahren immer mehr Leichenwagen durch die Stadt, kreisende Geier, die geduldig auf den richtigen Moment warten.

Clarissa fährt mit Joris zum Krankenhaus, er sitzt hinten auf dem Gepäckträger, die Füße in den Fahrradtaschen. Er reißt die Arme auseinander wie Flügel, spreizt alle Finger, als wolle er Nagellack an der Luft trocknen lassen. So schnell wie möglich durchqueren sie die im Schatten kühl gewordenen Straßen, biegen um die Ecke, dem Sonnenlicht entgegen. Über ihnen streckt sich ein kobaltblauer Himmel, wo Silbermöwen im Thermikflug schweben, ihre Flügel genauso still und ausgebreitet wie Joris' Arme. Sie kreischen, und Joris wiederholt mit hoher Stimme, was er meint, da oben zu hören. »Lie-ber-jo-ris, lie-ber-jo-ris.« Er ist der Mittelpunkt der Welt, alles spricht mit ihm.

Sie reihen sich in den dichten Verkehr ein und nähern sich einem Buswartehäuschen, das von einer Rauchwolke eingehüllt wird, als blieben noch zehn Sekunden bis zu einem Raketenstart. Zwei Männer, gekleidet in fluoreszierende orangefarbene Anzüge, schauen aufmerksam zu Boden, ihre Waden und Füße verschwinden im Nebel; beide zielen mit einem Dampfreiniger auf die Gehwegplatten. Gumbusters steht in kaugummirosa Buchstaben an der Seite ihres Kleintransporters. Die Onkologen der Straße, denkt Clarissa, denn in all den ausgespuckten Kaugummis ist das undeutliche Gemurmel, sind die gesprochenen Worte des Kauers gespeichert. All diese plattgetretenen rosa und weißen Inselchen sind Träger von Teenagergesprächen, angefüllt mit dem groben Jargon der Gleichgültigkeit, einer Umgangssprache, in der schwere Krankheiten als Silbe Verwendung finden. Sie fahren weiter und kommen am Kino vorbei, die Gehwegplatten vor dem Eingang sind mit rosa und weißen Kaugummihäufchen übersät. Hier sind die Gumbusters noch nicht gewesen, und wer heute spätabends in aller Stille diese Straße entlanggeht, kann vielleicht hören, wie die Plakate miteinander zanken.

Hinter ihr ist Joris noch immer mit den Möwen im Gespräch. Vor ihnen radelt eine Gruppe lärmender Schüler, die sich, in den Sätteln hängend, über die ganze Straße breitmachen. Das Wort, das ihre Ohren nicht mehr hören wollen, weht aus der Ferne herüber. Clarissa beherrscht sich und nimmt die erstbeste Abzweigung.

Sie radeln am Kaufhaus vorbei, biegen rechts über den Markt, Joris immer noch mit Armen wie Flügel, sie schneiden Poller und Bordsteinkanten. Sie haben es eilig, müssen so hetzen, daß sie einer umherflatternden Taube nicht mehr ausweichen können, Clarissa zieht die Handbremsen mit voller Kraft. Zu spät, für einen Augenblick hebt das Vorderrad vom Boden ab, unmittelbar danach spürt sie, wie das Hinterrad über einen fragilen Brustkorb holpert. Vor Schreck stößt sie einen kurzen Schrei aus, mit dem sie unnötig viele Umstehende auf das Massaker aufmerksam macht. Viele Blicke richten sich auf sie und gleiten von ihr hin zu der Taube, die im Kreis wirbelt und erst am Bordstein zum Stillstand kommt. Für so eine graue Kreatur würgt die Taube ein schönes, tiefes Scharlachrot hervor.

Da liegt sie, direkt vor den Füßen von zwei Hilfspolizisten, die mit gekreuzten Armen zuschauen. Beide greifen reflexartig nach ihren schwarzen Walkie-Talkies, die an den Hüften hängen, aber synchron lassen sie die Hände wieder sinken, schließlich ist es nur eine Taube. Ein Mann mit wildem Lockenschopf kommt voller Streitlust angerannt, seine Sandalen wirbeln Staub auf. In jeder Hand trägt er eine volle Einkaufstasche, die er absichtlich so vor das Rad stellt, daß sie Clarissa die Weiterfahrt blockieren, dann kniet er betroffen neben der Taube nieder.

Zur Vorbereitung auf das, was ihnen bevorsteht, hat Clarissa kurz vor dem Losfahren einen Klecks Salbe auf Joris' Handrücken aufgetragen, ein übelriechendes Zeug, das die Haut an der Stelle betäubt, und um den Geruch von seiner Nase so weit wie möglich fernzuhalten, breitet Joris seine Arme aus. In seinem Kinderzimmer hängt neben dem Pokémonposter und einer Bastelarbeit aus der Schule der Behandlungsplan, ein mit Filzstift gezeichnetes Karomuster. Nach jeder erledigten Anwendung macht er ein Kreuzchen auf dem Papier, jede Woche ein wenig grimmiger, so daß die Holzwand jetzt Markierungen für alle Ewigkeit hat.

Mit der Aussicht auf das Leiden ihres Kindes will Clarissa die Taube in diese Perspektive rücken. Ganz anders der Tierfreund, der nun leise mit dem in Zukkungen liegenden Vogel spricht, dessen Flügel leicht zittern. Clarissa flüstert »sorry« zu niemandem im besonderen, vielleicht zu Joris, der hinten sitzt, oder zu den Hilfspolizisten, die beide wieder die Arme verschränkt haben, still zuschauen und eine Mahnwache für geflügelte Leichen abhalten. »Sorry«, sagt sie noch einmal, jetzt in Richtung der Hilfspolizisten. »Das mußt du der Taube sagen«, meint der Dickere. Er nickt mit dem Kopf in Richtung des Vogels, der sich zum letztenmal aufrafft und versucht, zwischen Steinen und Staub wegzukriechen. »Es tut mir sehr leid«, sagt Clarissa jetzt etwas lauter. Die Taube röchelt, sie scheint an ihrem eigenen Blut zu ersticken.

Der Tierfreund schnauzt Clarissa an: »Das ist deine Taube! Deine!« Die nachdrückliche Betonung läßt keinen Zweifel, dieser fast tote Vogel kommt auf ihre persönliche Rechnung. Inzwischen hängen Joris' Arme schlaff an seinem Körper herunter, er fragt sie, was der Mann meint, es ist doch nicht unsere Taube? In zwei Sätzen versucht Clarissa, ihm den Begriff Schicksalsgemeinschaft zu erklären, doch nach der Hälfte wird ihr das Wort vom Glockenläuten der Kathedrale abgeschnitten. Es übertönt alles, sogar die Taube scheint davon so berührt zu werden, daß sie aufhört zu zittern. Das Sonnenlicht streicht über die Federn, über den merkwürdig gebogenen Hals in den Farben des Regenbogens. Die Blutlache vor dem Schnabel hat die Form einer Textblase.

Die Kathedrale schweigt, der letzte Glockenschlag löst sich hoch oben über dem Kirchturm im Blau auf. In diesem Moment, weiß Clarissa, deckt der Arzt den Tisch. Er legt ein steriles weißes Deckchen darauf, dann kommt der Teller, ein grauer Kotzbehälter aus Pappe in Nierenform – wie passend! – und daneben als Besteck die Nadeln. Wie lange wird er noch brauchen? Einen Moment überlegt Clarissa, den Tierfreund das Fahrrad halten zu lassen und der Taube auf der Stelle den Hals umzudrehen, doch weil Joris dabei ist, sieht sie davon ab. Es ist völlig sinnlos, neben diesem Sterbefall noch eine Stunde zu warten, dann kommen sie sicher viel zu spät. Offenbar denkt einer der Hilfspolizisten genauso darüber und ruft gelangweilt: »So, die wäre hin.«

Finito, denkt Clarissa, und schenkt ihm demütig ein Kopfnicken.

Sie manövriert das Vorderrad aus der Barrikade der Plastiktüten heraus, und Joris und sie fahren weiter. Joris hebt seine Arme wieder. Als sie sich umblickt, sieht sie, daß der Tierfreund aufgestanden ist und ihr kopfschüttelnd hinterherschaut. Mit einer vollen Einkaufstasche in jeder Hand erinnert er sie an den unerschrockenen Chinesen, der auf dem Platz des Himmlischen Friedens einen Panzer zum Halten brachte.

Sie nähern sich dem Krankenhaus, einem grauen Koloß, der sich wie eine Grabplatte zwischen den Wohngebieten eines abgelegenen Stadtviertels mit langen Reihen armseliger Häuser erhebt, wo auf jeder Fensterbank das Streben nach Symmetrie erkennbar ist. Wohin man auch schaut, überall sieht man Gedoppeltes, zwei graue Vasen, flankiert von einem Set schwarzer Urnen. Was hier ebenfalls hoch im Kurs steht, sind getrocknete Zweige in einem quadratischen Aquarium, alles konsequent paarweise. Die Auslagen in den Fenstern ähneln der Dekoration eines Grabdenkmals, der Tod scheint sich hier schon einen Vorschuß vom Leben zu holen, das sich hinter diesen Fenstern abspielt. Zwischen den Wohnblöcken liegt ein Rasenrondell mit Federwippen in Hühnerform und einem spinnenförmigen Kletterobjekt. Zu dieser Stunde gibt es keine spielenden Kinder, nur tätowierte Männer mit angeleinten Kampfhunden.

Joris zählt laut: »Zwölf, dreizehn, vierzehn.« Clarissa schaut über die Schulter, um zu sehen, was er da zählt, es sind die Möwen, die immer noch hoch oben über ihnen kreisen. Es ist Besuchszeit, über die Auffahrt laufen Menschen mit ernsten und demütigen Gesichtern in Richtung Drehtür. Die hineingehen, tragen die üblichen Geschenke mit sich: Blumen, Luftballons und Obst. Die herauskommen, haben ihre leeren Hände feierlich ineinandergelegt, die Opfergaben sind drinnen auf einem beweglichen Nachttischchen zurückgeblieben. Warum ist es üblich, Geschenke mitzubringen, die innerhalb einer Woche welken, schimmeln, sich entleeren oder auf andere Weise ihr unvermeidliches Ende finden? Clarissa nimmt sich vor, Joris, wenn er sich der Operation unterziehen muß, eine rostfreie Stahlpfanne oder eine Schweizer Uhr zu schenken.

Neben Besuchern tummelt sich auch allerlei unbeholfenes Volk in Rollstühlen und auf Krücken um den Eingang des Krankenhauses. Neben den Drehtüren gibt es eine Glasüberdachung, wo ein Grüppchen Patienten steht und raucht, es sieht aus, als warteten sie alle in ihren weinroten Morgenmänteln auf den Bus. Unter den Frotteejacken schlängeln sich Infusionsschläuche, aber Clarissa sieht auch, wie sich blauschwarze Spuren einer Tätowierung – ein keltisches Tattoo – an einem Fußgelenk entlangschlängeln. Einige von ihnen haben Glatzen, die meisten sind abgemagert. Mit der einen Hand halten sie sich an der Zigarette fest, mit der anderen am Infusionsständer aus Aluminium, der im Sonnenlicht glänzt wie ein Silberstab. Wie sie da in ihren Mänteln herumstehen, die Rücken rund wie Reifen, erinnern sie Clarissa an das Grüppchen Märtyrer, die auf dem Genter Altar zusammengekommen sind, um das Lamm anzubeten. Auch diese Männer tragen tiefrote Gewänder und halten sich mit einem Stecken aufrecht. Einige haben eine Mitra auf dem Kopf, andere sind halbwegs kahl, auch ein Mönch mit Tonsur ist darunter. Einer von ihnen hebt sein Gewand wie eine Schürze an und trägt die Felsbrocken, mit denen er gesteinigt wurde. Der Mann, der hinter ihm steht, hat eine Zange in der Hand, das Foltergerät, mit dem ihm die Zunge herausgerissen wurde. Das blutige Organ hängt noch in der Zange.

Zu dieser Stunde haben Joris' Klassenkameraden

Sport, sie toben in hellblauen Hemden und Unterhosen durch die Turnhalle mit dem hölzernen Klettergerüst an der Wand, das Schlimmste, was ihnen passieren kann, ist, daß sie einen Klaps einstecken müssen oder über den Rand der blauen Matte stolpern. Joris hopst an ihrer Hand mit, so lavieren sie sich durch die Invaliden hindurch, die ein Bein nachziehen oder auf Krücken in die gleiche Richtung streben. Einer gelber und grauer als der andere. Clarissa schlägt Joris vor, dieses Gebäude von nun an das »Bessermachhaus« zu nennen. Vielleicht wirkt sich eine Wortverdrehung mental zu seinem Vorteil aus. Einmal an der Glasfront und den Drehtüren vorbei, dringt kein Sonnenlicht mehr nach drinnen. Das Licht fällt aus runden Spots von der Decke ein, so hell, daß es den Blick zu dem Lichtkreis auf dem Linoleum lenkt. An den Wänden ziehen sich orangefarbene Schalensessel wie ein Band, ihre Sitze bestehen aus zwei eingelassenen Ovalen, eine Schablone für die Pobacken der Wartenden. In jeder Ecke des Wartezimmers steht ein knirpshoher Blumentopf, der mit rostbraunen Hydrokörnern – groß wie Murmeln – einen Gummibaum auf wundersame Weise am Leben erhält. Die Dekoration und die Requisiten ähneln dem Interieur jedes beliebigen Wartezimmers, sei es das eines Zahnarztes oder eines Notars. Man sieht es den Zeitschriften nicht an, daß sie von todkranken Fingern angefaßt wurden. Es sind die blassen Kinder mit ihren Mützen und den um den Kopf gewickelten bunten Tüchern auf diesen Schalensitzen und das Plakat an der Wand, die mißtrauisch machen. Auf dem Poster ist ein Teddybär abgebildet, der mit flehendem Blick in die Welt schaut. Sein Bärenkörper ist überall mit gelben Locken bedeckt, nur sein Kopf nicht, der Bereich zwischen und um die Ohren herum ist rigoros kahlgerupft; es ist ein zu Spenden für die Forschung aufrufender Anschlag, und jeder, der in diesem Wartezimmer sitzt, würde sein ganzes Vermögen dafür hergeben.

Als sie mit Joris im Wartezimmer sitzt, kommt ein merkwürdiges Wesen hereingewackelt, Joris' Mund klappt auf, und für einen Moment vergißt er, Arme und Hände hochzuhalten. Er stößt sie an: »Guck mal«. Das, was eintritt, ist klein, hat einen schiefen Rumpf und vier Beine, vier Arme sowie einen Kopf mit einem ernsten Gesicht sowohl an der Vorder- als auch an der Rückseite.

Clarissa muß sofort an das Genter Lamm mit vier Ohren denken. Während einer Restaurierung war das Extra-Paar bei einer Röntgenuntersuchung ans Licht gekommen, aber wer aufmerksam genug hinschaut, kann es inzwischen auch mit bloßem Auge erkennen. Die originalen Ohren schimmern ganz zart durch die neuen Farbschichten hindurch. Daß das originale Lamm einen großen Kopf mit einer matronenhaften Ausstrahlung hatte, war für einige Leute unerträglich. Sie fanden, daß es dadurch eher wie ein Schaf aussah, wie ein sehr altes Schaf auch noch. Als sich nach einer Verrußung die Möglichkeit der Übermalung geradezu anbot, bekam es einen kleineren Kopf, und die neuen Ohren landeten auf einer anderen Höhe.

Ein Erwachsenenkopf auf einem jungen Körper, dieses Phänomen tritt nicht nur beim *Lamm Gottes* auf, sondern auch auf Gemälden, die Maria mit ihrem neugeborenen Sohn zeigen. Die Mutter, sittsam und erhaben mit dem Kindlein auf dem Schoß, einem Säugling mit zu großem Kopf, der verlebt und gegerbt ist wie der eines Winzers in der Provence. Und das zu einer Zeit, in der die Maler sich vor allem mit naturalistischen Darstellungen hervortaten, da wird es schwierig, so etwas als Unfähigkeit abzutun. Vielleicht haben die Künstler eine spezielle Absicht damit verbunden und auf diese Weise versucht, die seelische Reife dieses einen besonderen Neugeborenen auszudrücken. Dieses Los betrifft fast alle Kinder in diesem Wartezimmer, die mit zu schweren Köpfen für ihre fragilen Körper in den Schalensitzen warten.

Die siamesischen Zwillinge sind vom Scheitel bis zum Steißbein miteinander verwachsen, sie werden für immer und ewig Rücken an Rücken stehen. Der große Schädel wirkt wie zwei Hälften, die aneinandergeklebt sind, weshalb er vorne und hinten Augen, Nase und Mund hat. Die willensstärkere Hälfte bestimmt, was die andere zu sehen bekommt. So etwas könnte beim Überqueren einer stark befahrenen Straße nützlich sein. Als die beiden sich leise in einer Ecke niedergelassen haben und mit Bauklötzen spielen, kann Clarissa sie, hinter einer Zeitung versteckt, betrachten. Die Zwillinge müssen mit einem Paar Ohren auskommen und tragen einen weiten Sportanzug, zwei identische Trainingsanzüge, deren Nähte aufgetrennt und die Teile so aneinandergesetzt wurden, daß zwei Kinderkörper hineinpassen. Auf ihren zusammengeklebten Schädeln tanzen fünf Zöpfe mit bunten Perlen. Man kann nicht erkennen, wem der fünfte Zopf gehört, er ist aus den Haaren beider geflochten. Die Mutter der Zwillinge läßt sich in einen Schalensessel fallen, das surinamische Sitzfleisch quillt über die Ränder, ist zu groß für die Gesäßschablone. Die Zwillinge erheben sich, wie eine Kuh das macht, zuerst auf die Hinterbeine, dann müssen auch die Vorderfüße mit, und wenn sich die eine Hälfte der Zwillinge nach vorne beugt, um einen Legostein vom Boden aufzuheben, wird die andere Hälfte huckepack auf den Rücken gehebelt, und zwei rosa Turnschuhe lösen sich vom Boden und baumeln hilflos in der Luft. Vielleicht tun die Kinder aus Joris' Klasse im Moment genau dasselbe, stehen paarweise in einer Reihe in der Turnhalle, mit dem Rücken gegeneinander, die Arme des jeweils anderen untergehakt, um sich dann abwechselnd nach vorn zu beugen.

Joris erwacht jeden Tag in einem Strahlenkranz aus goldenem Haar auf seinem Kopfkissen. Konnte Clarissa sie anfangs noch einzeln aufsammeln, werden die ausgegangenen Haare jetzt immer mehr, und sie muß sich notgedrungen eine effizientere Methode einfallen lassen. Am Morgen wickelt sie ein Stück Tesafilm um ihre Fingerspitzen und tupft das Bettzeug und die Schulterstücke des Bärenpyjamas mit der klebrigen Seite ab.

Nicht alle Haarsträhnen lassen los, auf seinem Schädel bleibt eine Clownsfrisur, die Haartracht eines tonsurierten Mönchs. Kahl am Hinterkopf und kreisrund darum herum ein flachsiges und dünnes Überbleibsel. Morgens kämmt sie ganz vorsichtig die letzten Haare schräg über den Hinterkopf. Er ist noch nicht in dem Alter, daß er in den Spiegel schaut, und solange er spürt, daß Haar auf seinem Schädel ruht, kommt er sich vielleicht auch nicht kahl vor. Seine Augenbrauen und Wimpern lösen sich allmählich in nichts auf, so daß sich sein Gesicht wie ein Text ohne Interpunktion »liest«. Keine schwarzen Borsten, die sich zu Fragezeichen krümmen oder vor lauter Schreck hoch auf seine Stirn klettern. Das Ultramarin seiner Augen verblaßt mit jeder Anwendung, als würde das blaue Pigment mit Wasser verdünnt, jedes Mal ein klein bißchen mehr. Das einzige, was an Ausdruck gewinnt, sind die schwarzen Ringe unter seinen Augen.

Die großen Schultüren schwingen auf, und die ersten Kinder strömen nach draußen. Ein Spalier von wartenden Eltern auf dem Platz, zwischen seinen blühend aussehenden Altersgenossen wirkt Joris fast durchsichtig. Sein Rucksack baumelt an der dürren Schulter, ein müdes Lächeln erhellt sein Gesicht, als er Clarissa erblickt. Andere Kinder drängeln sich, Verabredungen zum Spielen zu treffen, auf sie wartet ein weiterer Nachmittag auf dem Spielplatz oder im Park. Nicht auf Joris, er ist viel zu müde, obwohl er alles tut, um es sich nicht anmerken zu lassen. Er bahnt sich seinen Weg durch die Eltern, die wie das Rote Meer vor ihm zurückweichen. Man gewöhnt sich nicht daran, mit anzusehen, wie die Erwachsenen bei seinem Anblick erschaudern und reflexartig ihr eigenes Kind ergreifen, hochheben und an sich drücken, Kinderhände fester fassen, sich umdrehen und Joris hinterherschauen. Clarissa hofft, daß er es nicht bemerkt. Als sie ihn auf den Gepäckträger heben will, schlägt er ihr verärgert die Arme weg und klettert aus eigener Kraft hoch. Dann fahren sie los, und sobald sie weit genug von dem Platz entfernt sind, schlingt er seine Arme um ihre Taille und schmiegt seinen Kopf an ihren Rücken.

Nach biologischer Maßgabe müßte der alte Joris der nächste Tote in der Familie sein, knapp hundert Jahre alt und eine Stimmungskanone im Altersheim, wo er von anderen Alten umgeben ist, die so kraftlos sind, daß sie ihre Spielsteine nur noch mit Hilfe eines Gummibands ans andere Ende des Shuffleboards schnipsen können. Clarissa geht mit Joris ins Wohnzimmer, ein Raum von acht mal acht Metern, der voller dementer, aber zäher alter Leute ist, die sich mit ihren bleichen Schlabberhänden ans Leben klammern. Joris versteckt sich hinter ihrem Rücken, denn all diese Hände hören nicht auf, ihm zu winken. Sie schlagen den lieben langen Tag Kreuze und segnen jeden, der vorbeiläuft. Einige von ihnen sind schon so weit weg, daß sie mit dem Gummibaum reden. Andere sind einfach nur entzückt durch die Anwesenheit eines kleinen Kindes und machen schmatzende Kußgeräusche mit sabbernden Mündern, während sie mit ihren vom Rheuma geschwollenen und krummen Hexenfingern Joris' Wangen streicheln wollen. Er weicht ihnen aus und lacht über die alten Männer, die ohne jede Scham laute Fürze lassen und den Raum mit dem Gestank ihrer versteinerten Eingeweide erfüllen. Hier sitzen die Falschspieler bei der Reise nach Jerusalem beisammen, die mit ihren dürren Altmännerärschen die Stühle noch besetzt halten, wenn die Musik schon längst wieder spielt.

Joris fragt die Krankenschwester, ob er gleich hinterher seine Niere haben darf. Dann könnte er sie seinen Klassenkameraden zeigen und sie in einem Marmeladenglas auf dem Kamin aufbewahren, genau wie seine ersten Milchzähne. Er liegt in seinem mit Pinguinen bedruckten Pyjama auf dem fahrbaren Bett und durchquert Flure, die immer leerer werden. Außer den Menschen sind auch Schalensessel und Blumentöpfe aus den Räumen verschwunden. Hier trifft man nur noch Personal, das auf leisen Sohlen in Pantoffeln herumläuft und von Kopf bis Fuß in blauen Anzügen steckt, einschließlich eines Mundschutzes, der so groß ist, daß nur noch die Augen frei bleiben, wie bei dem anonymen Arbeitsvolk, das in einer chinesischen Chipfabrik in langen Reihen am Fließband steht. In diesen Katakomben hängt auch keine Kunst mehr an den Wänden, es ist eine Welt ohne in der Wand gebliebene Nagelköpfe, ohne Simse, ohne Scheuerleisten, ohne Türklinken, ohne Fensterbänke. Nichts, wo sich Staub absetzen und anhaften könnte. Noch eine letzte Tür, die sich automatisch öffnet, und sie erreichen das Zentrum dieses Königreichs der Reinheit. Joris' Gesichtsfarbe paßt sich unmittelbar an, kalkweiß vor Anspannung beantwortet er die Fragen der pädagogischen Mitarbeiterin. Ihre Ablenkungsmanöver haben oft etwas mit der Fauna zu tun, wieder gibt es eine Frage zu Tieren und welche er im Urlaub gesehen hat. Er betet brav sein Listlein herunter: Kamele, Salamander, und auch das Lamm auf dem Markt zieht da vorbei, Clarissa sieht, wie er zögert, aber nichts davon sagt, daß es schon tot war.

Dann folgt eine Reihe zielstrebiger Handlungen, behandschuhte Hände heben Joris aus dem Bett auf den schmalen Operationstisch, über dem silberfarbene Lampen hängen, groß und rund wie Traktorenräder. Um ihn herum hört man das Klappern von Metallbehältern und Chirurgenbesteck. Jemand malt seinen Bauch und die rechte Seite schon mal ockergelb an. Sticker werden auf seine Brust geklebt und an seinen Fingern Fingerhüte befestigt, die über Drähte mit einem Technikschrank in Verbindung stehen und in einer Sprache aus Pieps- und Zirptönen Auskunft über sein Leben erteilen. Joris' ängstliche Blicke suchen nach den ihren, und sie hört sich sagen, daß alles gut wird und daß er ein tapferer Junge ist, ein Mantra, das sie herunterbetet, bis die Narkose wirkt und im Bruchteil einer Sekunde alles Leben aus ihm herauszufließen scheint.

Es ist seltsam, neben seinem leeren Bett zu sitzen und zu warten. Joris ist von dem weißen Altartuch heruntergenommen und zur Restauration in die Katakomben gebracht worden, wo sich Spezialisten mit Lupenbrillen über ihn beugen. Auf seinem Nachttisch steht ein unberührter Becher Vanillepudding mit Joghurt und Sirup. Er steht schon so lange da, daß sich die einzelnen Farben, das Gelb der Vanillecreme, das Weiß des Joghurts und der Spritzer roten Limonadensirups zu einem fleischfarbenen Brei vermischt haben. Wie von selbst neigt sich Clarissas Brust schützend zur Matratze herab, ihre Augen starren in die vertraute Richtung des Kissens, finden dort aber nichts als ein paar lose blonde Haare.

Das Telefon liegt in ihrer Handfläche. Als es ein paar Stunden später klingelt, ist es, als ob ein Knallfrosch zwischen ihren Fingern explodiert. Der Chirurg sagt Beruhigendes, von erfolgreich bis keine Komplikationen. Wenig später stehen sie an Joris' Bett, er schlummert, sein Gesicht ist geschwollen wie das eines Boxers, der gerade aus dem Ring gekommen ist, moosgrüner Schleim sickert aus einem seiner Mundwinkel. Der Chirurg hebt das Laken an und zeigt stolz seine Arbeit. An Joris' rechter Seite verläuft ein blutiger Horizont, der erst am Nabel endet. Über diese gesamte Länge werden Himmel und Erde von einem Pflaster zusammengehalten. Der Mann trägt noch seine Operationskleidung, die blauen Ärmel sind bis über den Ellbogen hochgerollt; dieser Teil jedenfalls ist gut verlaufen, er nickt ermutigend. Am Vorabend der Operation hat er im Scherz versichert, zum Abendessen nicht mehr als ein Glas Wein zu trinken und rechtzeitig ins Bett zu gehen. Dann hatte er noch einmal mit dem Kugelschreiber auf einem Blatt Papier skizziert, was passieren würde; da, wo seine schlanke Hand jetzt gepunktete Linien skizzierte, würde er morgen ein Skalpell langziehen. Als Joris auf Drängen des Chirurgen für einen Moment die Augen öffnet, schaut er mit trübem Blick an ihnen vorbei durch die Decke des Aufwachraums.

Auf dem Höhepunkt des Schmerzes reißt Joris die Augen ganz weit auf, dann stockt sein Atem. Er ist der einzige, der das Monster über seinem Bett sieht, todesbang preßt er seinen Hinterkopf tiefer ins Kissen. Joris ist auf Schmerzen vorbereitet, aber sein Bezugssystem – abgeschürfte Knie und ein paar Beulen am Kopf – erweist sich als bei weitem nicht ausreichend.

Die Stühle zu beiden Seiten des Bettes sind mit verzweifelten Eltern besetzt, die abwechselnd auf den Korridor rennen, um den Erlöser herbeizuholen, der über ein Wägelchen mit Betäubungsmitteln verfügt. Jede Morphiumdosis, die Joris verabreicht wird, scheint ein Vorbote des Schrecklichsten zu sein. Zuerst legt sich ein samtiger Schleier über seine Augen, dann lockern sich seine Kiefer, woraufhin sich sein Kopf langsam zur Seite dreht.

Wenn die Schmerzen erträglich sind, spielt er im Bett mit einer Zauberkiste und zaubert mit einem Stöckchen Krankenschwestern in den Raum und wieder raus. Aus nah und fern trudeln Pakete mit lieb gemeinten Geschenken ein, unmäßig groß und teuer, und Ansichtskarten, die das Suchen nach Wörtern mit einer bestimmten Gravität verraten.

Nach acht langen Tagen stehen sie in dem Aufzug, dessen Rückwand aus einem großen Spiegel besteht. Mit beiden Armen hat Clarissa Joris aus dem Bett gehoben, einen Arm unter den Kniekehlen und den anderen unter dem Rücken, um die frische Wunde keinem Druck auszusetzen. Sein Vater trägt eine Reisetasche voller Wickelbinden. Die endlosen Flure zwischen dem Bett mit den lebensrettenden Apparaturen und der

Drehtür ins Freie sind nicht lang genug, um das Vertrauen wiederzuerlangen, daß sie nun selbst für Joris sorgen können. Die Aussicht, seinen zerbrechlichen Körper zu waschen und anzuziehen, die Arme, ohne daß es ihm wehtut, in die Ärmelöffnungen zu stecken, ist genauso unangenehm wie in den ersten Tagen nach seiner Geburt. Mit fast strafbar geringer Geschwindigkeit fahren sie nach Hause, sehr vorsichtig, als läge chinesisches Porzellan auf dem Rücksitz.

Die, die nicht gesehen werden wollen, tauchen abends in der Dämmerung im Wald auf: ein paar Rehe, ein Fuchs und Clarissa mit Joris, den sie in seinem alten Kinderwagen durch den Wald fährt, weil er zu schwach ist, selbst zu laufen. Eines der drei Räder schleift ziemlich, wodurch sich der Wagen wie ein Rasenmäher anfühlt, den sie durch nasses hohes Gras schiebt. Wenn sie anhält, verstummt das schmirgelnde Rad, und der Wald meldet sich wieder zu Wort. Ein paar ächzende Äste und trockene Blätter, die vom Wind raschelnd über den Weg gejagt werden. Das letzte Sonnenlicht fällt ein und bricht sich zwischen den Stämmen, liegt in gelben Scherben auf dem Moos. Vor ihnen schwebt auf rätselhafte Art und Weise ein Blatt über dem Weg, es ist im Fallen von einer Spinnwebe aufgehalten worden und dreht sich im Nichts um seine eigene Achse, manchmal rasendschnell und dann wieder ganz langsam nach links und nach rechts. Je nachdem, ob Clarissa und Joris länger stehen bleiben, glauben die Vögel, daß die Gefahr vorüber ist, und nehmen ihren Gesang zögerlich wieder auf. Es ist verlockend, für immer zwischen den Stämmen auf dem Weg stehen zu bleiben, an nichts zu rühren und, genau wie die Bäume, sich höchstens ein bißchen im Wind zu wiegen und zu ächzen. Würden sie hier lange genug warten, würde das Moos irgendwann die Räder des Wagens und ihre Füße und Waden überwachsen, wie es auch die Baumwurzeln bedeckt hat.

Die Waldluft, der Eukalyptus, das alles muß tief in Joris eindringen, vor allem jetzt, da sie wissen, daß er nicht mit einer kleinen Schramme davonkommen wird.

Der Pathologe hat das erkrankte Organ untersucht und in den Grafiken Anmerkungen hinterlassen. Es kann nicht mit Sicherheit ausgeschlossen werden, daß böse Zellen sich auf den Weg gemacht haben, sie scheinen wahre Meister darin zu sein, sich zeitweilig zu verstekken. Präventiv muß sich Joris noch ein halbes Jahr einer wöchentlichen Behandlung unterziehen. Sein Körper ist ein Acker, auf dem vom Monat der Aussaat an bis zur Ernte Pestizide abgekippt werden, auf daß weder Getreidehalm noch Distel ihr Haupt erheben.

Als sie es Joris heute nachmittag so behutsam wie möglich beizubringen versuchte, streckte er mit ratlosem Gesichtsausdruck alle Finger aus. Für ihn, der gerade mal bis zwanzig zählen kann, war die Anzahl gleichbedeutend mit Unendlichkeit. Die Vögel schweigen abrupt, aus der Ferne nähert sich streitlustiges Geschrei, das auf sie zukommt. Clarissa schiebt Joris im Wagen hinter einen Rhododendronbusch und hockt sich daneben hin. Durch die Blätter sehen sie einen älteren Mann, der sich auf dem Waldweg nähert, dicht gefolgt von seinem jüngeren Ebenbild, einem Mittdreißiger, der mit einem Arm einen Teddybären umklammert und in der anderen Hand einen großen Ast festhält, den er wie ein Maschinengewehr auf den Rücken seines Vaters richtet. Die beiden scheinen auf dem Weg zu einer Sandkuhle zu sein. Der Vater schreitet mit großen Schritten voran, von seinem Sohn mit der Waffe in Schach gehalten, der mit kleinen, nervösen Trippelschritten hinterher trabt und ein Indianergeheul ausstößt. Joris drückt seinen spitzen Ellbogen in Clarissas Seite und schaut sie grinsend an. Sie bleiben still hinter dem Rhododendronbusch hocken, bis sich die beiden Männer weit genug entfernt haben und die Vögel wieder zu singen beginnen.

Aus Joris' dunklem Schlafzimmer blicken sie abwechselnd durch das Teleskop, das auf einem Stativ auf der Fensterbank steht. Clarissa bewegt die Linse hin und her, bis sie etwas ins Bild bekommt. Zuerst holt sie den kugelförmigen Mond näher heran, so nahe, daß man glaubt, man könne mit ausgestrecktem Arm und tastenden Fingern die ockerfarbenen Krater berühren. Als der Mond exakt die Linse ausfüllt, darf Joris hindurchsehen; sein Atem stockt: Erst als er sein Auge von der Röhre losgerissen hat, gestattet er sich einen Seufzer. Clarissa richtet das Teleskop auf die Kathedrale, zuerst auf die Bronzekuppel und dann auf die Türme, sie kommen ganz nahe heran. Für einen Moment fühlt sie sich wie eine der Krähen, die sich dort jeden Abend als schwarze Wolke versammeln und spielerisch, wie im Sog eines Schachtes, Purzelbäume im Strudel des Windes schlagen.

Die größte Entdeckung ist der goldene Wetterhahn auf dem Kirchturm der Remonstrantenkirche. Wenn man sich den Hahn mit bloßem Auge ansieht, ist er nicht viel mehr als ein Flimmern in der Ferne, aber durch die Linse des Teleskops nimmt er die ganze Fläche ein, und man sieht seine scharf geschnittenen Konturen, den keck erhobenen Kopf mit seinem Kamm und den vollen Schwanz. Er dreht sich leicht im Wind hin und her und fängt mit seiner flachen Seite das Mondlicht auf, das er wie einen goldenen Schimmer reflektiert, aber immer nur für Momente, denn Windböen zwingen ihn ständig in eine andere Position. An – aus, an – aus, ein geheimnisvolles Funkeln, ein Signalcode in der Dunkelheit. Jetzt, da der Hahn so zum Greifen nah ist, glaubt sie zu hören, wie er in seinem Gelenk quietscht, und daß sie heute abend die Dinge, die sie seit Jahren umgeben, zum ersten Mal richtig sieht.

Später am Abend, als Clarissa nach dem schlafenden Joris schaut, hat er seine Bettdecke weggestrampelt. Sein Mund ist zu einer geraden Linie verzogen, und er knirscht mit den Zähnen. Sie deckt ihn wieder zu und streichelt seine Wange, worauf er sein Knirschen unterbricht. Sie schaut noch einmal durchs Teleskop. Es ist spät, die Lichter der Stadt sind erloschen, und der Wetterhahn, mutterseelenallein und hoch über den dunklen Häusern, kommt ihr einsamer denn je vor. Hinter ihrem Rücken beginnen Joris' abgeschliffene Milchzähne wieder zu knirschen, und für einen Augenblick fallen Hahn und Kind zusammen, nun ist es Joris, der sich da völlig verlassen auf der Spitze einer goldenen Nadel um die eigene Achse dreht und balanciert, während die Windböen unverzagt ihr Spiel mit ihm treiben.

Man gebe Joris einen Blei- oder Filzstift, und er zeichnet einen Totenschädel mit einem eckigen Unterkiefer voller Zahnstümpfe. Von den Wänden seines Schlafzimmers starren Clarissa immer mehr schwarze Augenhöhlen an. Beunruhigend, findet sie, bis vor kurzem hat er lächelnde Püppchen mit Harken als Arme und Stelzen als Beine oder Schatzkarten gezeichnet, deren Ränder sie mit einem Feuerzeug ankokeln mußte. »Das ist das Alter«, sagt die Direktorin der Grundschule, in deren Büro Clarissa sitzt. »Einige Fünfjährige haben es mit Prinzessinnen und Autos, andere tauchen ab in die Welt der Fledermäuse, des Blutes, der Vampire und Totenschädel.«

Clarissa fällt es immer schwerer, mit Joris' Bewußtseinsentwicklung Schritt zu halten, den Umfang seiner Ängste abzuschätzen. In den Jahren, in denen er sich seine Muttersprache aneignete, schien es, daß jeder von außen aufgenommene Eindruck im selben Atemzug durch den Mund wieder ausströmte. Wenn man sah, wie sich sein Kopf einer Stockrose zuwandte, war klar, daß er keine Sekunde später »Blume« rufen würde. Jetzt, da er älter ist, arbeitet sein Kopf wie eine Schleuse, in die Eindrücke und Beobachtungen hineinströmen, um sich zunächst hinter der Abgeschlossenheit der Tore abzusetzen, ehe sie ihn auf einem anderen Niveau wieder verlassen. Manchmal sieht er ernst und bedrückt aus, in anderen Situationen aber erweckt er den Eindruck, sich wie ein Auserwählter zu fühlen, dann weiß Clarissa, daß er Aufmerksamkeit und Mitgefühl mit einem dünnen, aber stolzen Lächeln um die Lippen quittiert, als hätte er ein Spiellevel erreicht, das vor ihm noch nicht viele geknackt haben. Er scheint das übergreifende Konzept »Krebs« in eine Ansammlung kleinerer Einzelteile aufgesplittet zu haben, wobei jedes bei ihm als eigenständige Bauchgrippe durchgeht. Genau so wie sein »Abonnement« für ihn erst dann realisiert ist, wenn die wöchentliche *Micky Maus* durch den Schlitz auf die Türmatte fällt.

Von einer Grippe erholt man sich ganz von allein und bestimmt auch von zwanzig Grippen, das ist für Joris keine Frage. Aber woher kommen dann all diese Totenschädel? Darf man ein fünfjähriges Kind fragen, ob es Angst hat und wovor denn ganz genau, oder stößt man es gerade dadurch mit der Nase auf etwas, worauf es von allein nicht gekommen wäre, und zerbricht dabei sein felsenfestes Vertrauen in einen guten Verlauf?

Auf dem Schreibtisch stehen zwei Tassen Kaffee, Clarissa läßt ihre stehen. Die Direktorin rührt heftig mit einem Löffel um und schlägt dabei ständig an den Tassenrand. Sie sagt, daß Joris in ihrer langen Laufbahn der erste »K-Fall« in der Schule sei, und sie wirkt dabei ein wenig übereifrig. Als ob dieser Fall ihr die Chance böte zu zeigen, was sie draufhat, fehlt nur noch, daß sie die Ärmel hochkrempelt. Clarissa geht zu ihren Gunsten davon aus, daß es die Nerven sind. Über der Tür hängt ein Porträt der Königin, die junge Version, sie steht mit festen Absätzen auf einem roten Teppich, der sich wie ein Wasserfall von der Marmortreppe ergießt. Eine selbstbewußte Frau mit jugendlichem Gesicht ohne Falten. Von der anderen Seite des Tisches kommt ein Plädoyer für Transparenz, fürs Informieren der Klassenkameraden, für Briefe an die Eltern, Informationsabende, Gruppentreffen. Clarissa läßt die Direktorin ausreden, schüttelt aber gleich den Kopf. Dieser Aktionsplan wird es sicher nicht werden.

»Es wäre übrigens nicht der erste Todesfall an der Schule«, fährt die Schulleiterin im selben Atemzug fort, und als wolle sie Clarissa in ein großes Geheimnis einweihen, dämpft sie plötzlich ihre Stimme, rückt den Stuhl näher heran und beugt sich über die Tischplatte zu ihr. Sie kommt auf einen schrecklichen Herbststurm, eine alte Eiche und einen abgebrochenen Ast zu sprechen, ein Kind zur falschen Zeit am falschen Ort und die Beerdigung, bei der alle Klassenkameraden weiße Luftballons aufsteigen ließen, und oh Gott – sie legt beide Hände auf die Brust – wie gut die Kinder …

Clarissa krallt sich an der Tischkante fest, ihr Blick sucht Halt bei dem Bild über der Tür, richtet sich auf das dunkelblaue Kleid mit der Schärpe und das rosige Gesicht der Königin, das das Bild eines frischen Kindergrabes verdrängen soll. »Sie irren sich«, hört sich Clarissa mit heiserer Stimme dazwischengehen. »Sie irren sich ganz fürchterlich, dieses Mal wird niemand sterben.«

Nicht alle finden sich mit dem Tod ab, der Direktor eines Tiergartens in Gaza sieht ihn als Problem, das eine kreative Lösung erfordert. Clarissa schneidet den Artikel mit dem dazugehörigen Foto aus der Zeitung und klebt ihn in ihr Notizheft, das schon zur Hälfte mit mindestens ebenso skurrilen Schnipseln gefüllt ist. Nachrichten, die sich als magischer Realismus zwischen Tageskurse und Weltnachrichten drängeln. Clarissas Favorit ist die Geschichte einer Kuh, die einfach vom Himmel gefallen ist und dabei ein japanisches Fischerboot versenkt hat. Das Tier stürzte wohl aus einem Frachtflugzeug, in dem eine Kuhherde von einem Reservat zum anderen transportiert wurde. In einer Höhe von zehn Kilometern hatte sich die lebendige Ladung losgerissen und war gefährlich durch den Laderaum gestürmt, woraufhin die Piloten in Panik gerieten und die Ladeluke öffneten, über dem Meer.

Auf dem Farbfoto, das den Zeitungsartikel illustriert, stehen zwei Zebras, die ihr Leben eindeutig als Maultiere begonnen haben, nun aber vom Direktor unter Zuhilfenahme von zwei Farbtöpfen zu einer exotischen Spezies befördert wurden. Die Originalexemplare sind bei einer israelischen Offensive ums Leben gekommen, und es gibt kein Budget, um neue Zebras einfliegen zu lassen. Mit Menschenhand wurde abwechselnd schwarze und weiße Farbe über die grobknochigen Körper gepinselt, der Maler hat sich von einem Fußgängerüberweg inspirieren lassen, denn alle Streifen haben überall die gleiche Breite. Der Direktor muß große Hoffnungen darauf gesetzt haben, daß die angestrichenen Maultiere großen Abstand zum Publikum halten, scheu zwischen den Büschen bleiben, wie echte Zebras eben, dann wäre der Betrug nicht so auffällig gewesen. Die aufgewerteten Maultiere haben sich aber nicht mit ihrem neuen Aussehen identifiziert, im Gegenteil, sie reiben die angemalten Hintern an den Zäunen und betteln jeden Besucher um ein Büschel Gras an.

Jeden Tag rast Clarissa mit dem Fahrrad an die Küste. Sie hetzt sich ab, obwohl es keinen Grund dafür gibt, aber sie will ihren Körper spüren, den brennenden Schmerz ausgedehnter Lungenbläschen, die Übersäuerung der Beinmuskeln. Der Blick auf die Wassermassen, auf den leeren Horizont und den Himmel darüber beruhigt sie. Es nieselt, eine steife Brise weht, und die Brandung schlägt mit Macht auf den Strand; das Wasser sieht schmutzig-grau aus wie ein Eimer Putzwasser. Gestern morgen wellte das Meer hellviolett wie ein Satinlaken an den Sand, blau wie auf Kinderzeichnungen ist es hier nur selten.

Windstärke acht ins Gesicht bremst ihre Geschwindigkeit, nicht aber ihre Energie im Kampf mit den Elementen. Der kerzengerade schwarze Streifen, der unter ihren Fahrradreifen weggleitet, wird zu einem Laufband, auf dem sie sich in Richtung Horizont abstrampeln muß, es ist ein Kampf, den sie nur mit Kraft und Ausdauer gewinnen kann. Der Nordwestwind tut ihren Augen weh, sie wendet ihr Gesicht dem Parkstreifen zu, der parallel zur Promenade verläuft. Sogar an einem so kalten, regnerischen Tag wie heute stehen hier Autos, Dutzende Meter auseinander, aber alle mit der Schnauze zum Meer, und der Fahrer sitzt drin. Ein paar Leute nutzen den Parkplatz als Kantine, essen hinter der Windschutzscheibe mit Blick aufs Meer ein Butterbrot. Clarissa fällt auf, wie viele dieser geparkten Autos einen Trübsal blasenden Menschen beherbergen. Ein Mann im blauen Volkswagen sitzt mit ausgestreckten Armen da, die Hände am Steuer, und starrt weinend auf die Wellen. Über die gesamte Länge der

Promenade steht mit Schmerz gefülltes Blech. Dieser Parkstreifen ist eine mentale Waschanlage, denkt Clarissa, die Brandung spült über all diese Motorhauben und saugt den Kummer zurück ins Meer, wo er sich mit Salzwasser verdünnt.

An der Stelle, wo der Weg im rechten Winkel vom Meer abbiegt und landeinwärts führt, bläst ihr der Wind voll in den Rücken. Sie richtet sich auf und hält die Beine still, die Welt wird wieder größer. Das Rascheln der silberfarbenen Birkenblätter weht ihr hinterher, ebenso das Gekreisch der Möwen, die sich im Wind treiben lassen. Plötzlich weiß Clarissa, was sie schreien, es sind die unterdrückten Schluchzer der Klagefrauen, ein Choral von Au-Tönen.

Es gießt in Strömen, die Tropfen trommeln kräftig auf die Blätter des Kastanienbaums und klopfen ans Fenster. Clarissa sitzt an ihrem Holztisch und versucht zu arbeiten, die Sprachsoftware ihres Computers ist bereit und so empfindlich, daß sie nicht nur ihre Stimme, sondern auch die Regenspritzer am Fenster mitkriegt. Die drängen sich im Stakkato als die Dreibuchstabenwörter »tok« und »tik« zwischen die richtigen, und es wird eine Höllenarbeit werden, den Text gleich vom Regen zu befreien. Joris sitzt neben ihr und lernt in aller Stille die Passionsgeschichte. In der Schule hat er gerade lesen gelernt, und er weiß, wie er sich mit Hilfe von Silbenzerlegen und -zusammensetzen durch unbegreifliche Geschichten wurstelt, Geschichten, die aus Wörtern mit nur wenigen Buchstaben bestehen: »Fisch sitzt in einer Socke auf dem Dach.« Um die gerade erst erworbenen Fähigkeiten zu fördern, müssen alle Kinder in der Klasse kurz über ein Lieblingsbuch erzählen und etwas daraus vorlesen.

Joris will eine Geschichte aus der *Kinderbibel* auswählen, aber es fällt ihm schwer, sich zwischen »Daniel in der Löwengrube« und der »Kreuzigung auf Golgatha« zu entscheiden. Als er beschlossen hat, Letzteres zu nehmen, entsteht sofort das nächste Dilemma, denn in der *Kinderbibel* umfaßt die Leidensgeschichte zwei Seiten, doch angesichts des geringen Lesetempos darf nur eine davon vorgelesen werden. Soll das nun die Seite sein, auf der die Soldaten Jesus mit der Peitsche schlagen und ihm die Dornenkrone auf den Kopf setzen und wo ihm das Blut wie Schweißperlen auf die Stirn tropft? Oder doch lieber die andere Seite, die, auf der

Jesus zuerst selbst das schwere Kreuz den Hügel hinauftragen muß, wonach der Höhepunkt folgt und man Nägel durch Jesus' Füße und Hände schlägt? Joris kann sich nicht entscheiden, und Clarissa rät ihm, all diese Marterungen zusammenzufassen und die Kreuzigungsgeschichte auf einer Seite neu aufzuschreiben. Das gibt ihr gleich die Gelegenheit, Wörter, bei denen Joris immer strauchelt, phonetisch in Drei-Buchstaben-Silben zu zerlegen. Gol-gaa-taa. Statt Gollogatta, wie Joris es ausspricht. Während er neben ihr sitzt, sieht sie, wie er die Illustration zur Geschichte studiert: Jesus hängt mit zur Seite geknicktem Kopf am Kreuz, sein ganzes Gewicht zerrt an den Nägeln, er streckt seine geschundenen Hände und schaut aufmerksam auf die blauen Nagellöcher. Dann liest er weiter: »Ari maa tää aaa und pie laa tus.« Er lispelt wegen ein paar fehlender Vorderzähne, und die Geschichte des in Silben zerlegten und wieder zusammengefügten Leidens bleibt so unverständlich wie die des Fisches in einer Socke auf dem Dach.

An einem Abend im Jahr hat der Zoo kostenlos und nur für schwerstkranke Kinder geöffnet. Die Einladungen werden von Ärzten verschickt; wer nicht krank genug ist, darf nicht rein. Medizinstudenten, mit Papageienkostümen verkleidet, warten an der Anlegestelle, wo die Ausflugsboote zum Tierpark Artis ablegen, auf die Gäste. Clarissa reiht sich mit Joris in eine karnevaleske Parade kahlköpfiger Kinder ein, die schwächsten sitzen in Rollstühlen und werden von den Eltern geschoben, die man an den tiefen Furchen um die Münder erkennt; niemand muß einen Eintrittsnachweis vorzeigen. Clarissa tut es jetzt schon leid, daß sie sich auf den Besuch eingelassen haben. An Bord werden Stoffbeutel verteilt, die mit Papierklammern, Stiften und Basecaps gefüllt und mit Firmennamen bedruckt sind, damit man auch weiß, wer das alles hier mit ermöglicht hat. Solange Clarissa und Joris den Blick von den übrigen Passagieren abwenden und durch die von Algen bewachsenen Fensterrahmen nach draußen auf die riesigen Grachtenhäuser und die vorbeitreibenden Schwäne sehen, wirkt alles wie eine ganz normale Grachtenrundfahrt. Das Fellinihafte gewinnt erst wieder die Oberhand, als der Artis-Anleger mit einer blauen Menschenmenge in Sicht kommt, die darauf wartet, dieses Boot voller Notfälle zu entladen. Dutzende Polizisten und Feuerwehrleute, die nicht in der Lage gewesen sind, all dieses Unglück und dieses Elend zu verhüten, können es heute abend in gute Bahnen leiten. Der Steg bricht unter der Last des Mitleids fast zusammen. Aufgepumpte Fitneßstudioarme heben bleiche Kinder wie Federn ans Ufer, und später am

Abend setzen sie dieselben Kinder eins nach dem anderen auf ein Polizeimotorrad oder ein Polizeipferd. Die am schlimmsten Erkrankten werden mit Infusionsbeuteln und gleich in einem Krankenhausbett zum Löwengehege geleitet, und Clarissa sieht, daß Joris nicht weiß, wo er hinschauen soll, zu den Löwen oder zu der Karawane der armen Tröpfe, die mit kostenlosen Basecaps und Knackwurstbrötchen an ihnen vorüberzieht. Zu Hause hatte es nach einer besonderen Gelegenheit ausgesehen, in der Dämmerung in den Zoo zu gehen. Löwen und Tiger, die während der offiziellen Öffnungszeiten wie tot in der Ecke herumliegen und pennen, würden ganz sicher blutrünstig hinter den Gittern auf und ab laufen. Nicht einen Moment hat Clarissa an all die kranken Kinder gedacht, mit denen sie sich jetzt an den Gittern aufstellen müssen.

Um Joris abzulenken, bringt sie ihn ins Aquarium, einen überdachten Raum mit großen Fenstern. Hinter jeder Scheibe wird eine tropische Unterwasserwelt nachgestellt, in der farbenprächtige Fische schwimmen und an Korallen knabbern. Da sind fluoreszierend rosafarbene Exemplare, groß und rund wie ein Pfannkuchen, und durchsichtige Fische, bei denen man die Gräten zählen kann, es gibt auch welche mit blauen Bäuchen, gelben Flossen und Brautschleiern, die elegant hinter ihrem Körper herschweben. Aber da sind auch monströs kugelförmige Fische mit breitem Maul, mißbilligend herabgezogenen Mundwinkeln und Flossenspitzen, die messerscharf sind. Auf halbem Weg kommen sie an einem in die Wand eingelassenen schwarzen Aquarium vorbei, das im Gegensatz zu den großen Becken die Abmessungen eines kleinen Fernsehers hat. Alle Besucher gehen achtlos daran vorüber, neben all dem tropischen Farbenspektakel halten sie dieses eingedickte Stück Dunkelheit für ein Versehen, ein leeres Aquarium. Clarissa und Joris bleiben stehen, drücken ihre Nasen ans Glas und werden belohnt. In diesem Schwarz leuchten vier orangefarbene Lichter. An und aus, an und aus. Dieses Aquarium gehört den Laternenfischen, den Glühwürmchen der Tiefsee, die zu einem Leben auf dem Meeresgrund verurteilt sind, um dort einen Schimmer Lichts in die Dunkelheit zu bringen.

Clarissa liest in der Zeitung von einem Fotoabwurf über dem Dschungel von Kolumbien, wo die Politikerin Ingrid Betancourt, entführt von Rebellen der FARC, seit Jahren wie ein Hund angekettet ist. Am Schicksal der Frau ändert sich nichts, aber für die Redaktion hat allein die Tatsache Nachrichtenwert, daß ihr Mann ein Sportflugzeug mit Postsäcken voll aktueller Bilder ihrer Kinder an Bord hat abheben lassen, um sie über den Koordinaten des vermutlichen Aufenthaltsortes abzuwerfen. Seine Aktion könnte in der zeitgenössischen Kunst als poetische Performance durchgehen. Beiläufig wird erwähnt, was den Vater zu seiner Aktion bewogen hat; ein Brief, ein Lebenszeichen von Ingrid, in dem sie zu erkennen gibt, daß sie sich nach all den Jahren keine Vorstellung von den Kindern mehr machen kann. Daß sie keine Ahnung hat, wie sie sich in den Jahren ihrer Abwesenheit entwickelt haben. Sie rätselt über die Länge ihrer Beine, die inzwischen lang wie Pferdebeine sein müssen, über ihre Gesichtszüge, die vielleicht viel schmaler geworden sind. Wahrscheinlich klingt die Stimme ihres Sohnes jetzt wie die eines ihrer Bewacher. Sie erzählt in diesem Brief, daß sie in ihrer Verzweiflung alte Zeitungen und Werbeprospekte der Wächter durchstöbert, um Bilder von Teenagern herauszureißen, die Deodorants und Jeans anpreisen, junge Fotomodelle mit rabenschwarzem Haar, bei denen sie eine Ähnlichkeit mit ihrem Sohn und ihrer Tochter vermutet. Vielleicht schneidet sie aus einer dieser Anzeigen nur eine Nase aus und nimmt aus einer anderen den Mund und fügt die besonderen Gesichtsmerkmale wie zu einem Phantombild zusammen. Clarissa sieht es vor sich, ein kleines Flugzeug, das über dem Dschungel kreist, aus dem eine Wolke von A4-Blättern weht, Tausende Porträts von pickligen Teenie-Gesichtern, die in der Luft schaukelnd Richtung Erde taumeln. Es wird für sie nicht leicht gewesen sein, das dichte Laubwerk zu durchdringen und zu Boden zu fallen. Höchstwahrscheinlich sind die meisten Fotos zwischen den Ästen hängengeblieben, unerreichbar hoch in den Baumkronen. Diese Exemplare wurden nie gefunden, und die Teenagergesichter auf dem Papier sind mit der Zeit vergilbt und auf ihre Art ebenfalls gealtert. Ein Teil der Fotos dürfte im Fluß gelandet sein, das Wasser hat die Tinte auslaufen lassen, und dann trieben die Bilder von unerkennbaren Zombiegesichtern stromabwärts.

Der Fotoabwurf des Mannes hat etwas von einer Ejakulation, findet Clarissa. Die Öffnung der Luke, die auf einen Schlag Tausende Fotos ausstieß, als wären es Spermatozoiden, von denen nur eines die Barriere des Laubs hätte durchbrechen müssen, um eine erfolgreiche Empfängnis zu ermöglichen; um die Mutter zu erreichen.

Manchmal wird ein Kind so lange vermißt, daß niemand weiß, selbst die Eltern nicht, nach welchem Gesicht man Ausschau halten muß. Clarissa hatte im Fernsehen etwas über solche langwierigen Vermißtenfälle gesehen, wie Polizisten mit einem Computerprogramm arbeiteten, das auf Knopfdruck sechs Jahre verstreichen lassen kann: ein Kindergesicht, das sich in Sekundenschnelle in die höchstwahrscheinliche Teenagerversion verwandelt. Was passiert, wenn ein Kind stirbt, wächst es noch jahrelang in den Köpfen seiner Eltern weiter, und sind sie die einzigen, die sehen, wie sich seine Gesichtszüge verändern? Vielleicht suchen sie bei Gleichaltrigen Merkmale zusammen, einen Augenaufschlag oder die Krümmung einer Nase, einen bestimmten Gang oder eine identische Haarfarbe, die Tonhöhe einer Stimme. Wann kommt der Prozeß zum Stillstand, in welchem Erscheinungsbild erstarrt dieses Kind dann definitiv?

Wieder ist der Tisch gedeckt, zum x-ten Mal steht alles bereit: der Suppenteller aus Pappe – in der entsprechenden Nierenform – daneben das Besteck, die Nadeln und die Tapestreifen. Die Tücher zum Blutstillen sind ordentlich zu Servietten gefaltet. Der Ober fragt, ob »alles nach Wunsch« sei und »wie es in der Schule läuft«, aber Joris würgt schon. Es kommt noch nichts raus, aber die Richtung steht fest: nach oben. Der Arzt sieht Clarissa fragend an, sein Blick wandert von ihr zur Uhr. Sie muß Joris' Hand flach auf der Tischplatte halten und möglichst bewegungslos auf dem sterilen Tischarrangement festhalten, damit der Piekser seine Arbeit in einem Rutsch erledigen kann. Früher kam es vor, daß ein angehender Arzt auf der anderen Seite des Tisches Platz nahm, inzwischen weiß Clarissa genau, wer es gut kann und wessen gutgemeinter Stümperei sie aus dem Wege gehen oder wen sie ganz und gar ablehnen muß.

Sie drückt sich Joris fester auf den Schoß und wiederholt gebetsmühlenartig und laut, daß es notwendig sei, damit es ihm besser gehe, was in Joris' Ohren wie eine glatte Lüge klingen muß, denn er kommt jedes Mal blasser und unpäßlicher aus dem Gebäude, als er hineingegangen ist. Sie preßt seine Hand auf den Tisch, wie sie auch zu Hause Armdrücken spielen, aber hier kann sie ihn nicht gewinnen lassen. Joris dreht sich halb zu ihr um, sie liest Wut und Ungläubigkeit in seinem Blick; seine Beschützerin macht gemeinsame Sache mit dem Schinder. Er hat inzwischen gelernt, daß ein klares »Nein« keinerlei Wirkung erzielt, und fängt deshalb an, wild um sich zu treten und sie mit den Fersen zu erwischen, wo er nur kann. In einem so abgemagerten Körper wie dem seinen bäumen sich unerwartete Kräfte auf, ein brennender Schmerz zieht durch ihre Schienbeine, und mit dem freien Arm mäht er alles nieder, rammt seinen spitzen Ellenbogen in ihre Rippen, läßt sie nach Luft schnappen. Sie möchte ihn ermuntern, noch viel härter zuzuschlagen. Sehr viel härter.

Eine professionelle Ablenkerin wird angepiepst, sie kommt ins Zimmer gestürmt und versucht, Joris mit einem *Harry-Potter*-Pop-up-Buch auf andere Gedanken zu bringen. Während die Frau die Verschnürung aufdröselt, würgt Joris wieder. Es fehlt nicht viel, und er kotzt den Schloßgraben aus Pappe voll. Der Arzt zählt rückwärts und piekst bei Null die Nadel in eine Ader an der Hand des Kindes, die von den vielen Einstichen schon grün und blau ist. Es ist eine Nadel, so dick wie die, mit der Clarissas Mutter Wollsocken stopft. Noch bevor die kanariengelbe Flüssigkeit in seine Blutbahn tröpfelt, bricht Joris seinen ersten Suppenteller voll, Stücke eines halb verdauten Apfels, von denen ein säuerlicher Geruch aufsteigt, erst dann fällt sein Widerstand in sich zusammen, und er hängt abgekämpft in ihren Armen.

Die am meisten kranken Menschen essen auffällig häufig eine Krokette und nehmen selbst die Farbe von Senf an. In der Reihe der Patienten, die an den Warmhalteplatten entlang schlurfen, kann Clarissa inzwischen problemlos die Sterbekandidaten identifizieren, es sind die mit den ockergelben Wangen. Sie sitzt mit Joris in der Kantine, er leckt sein Wassereis, um den ekelhaften Geschmack der einträufelnden Medizin aus seinem Mund zu vertreiben. Am Tisch schräg gegenüber sitzt ein älteres Ehepaar, den Eindruck machen sie jedenfalls durch das angenehme Schweigen, in dem sie sich seit langem eingerichtet haben. Der Mann hat vor sich auf dem Tisch eine Krokette liegen, er reißt das Senfbeutelchen auf und drückt den Inhalt in einer perfekten Linie über die gesamte Länge der Krokette, der Streifen ist überall gleich dick. Dann wendet der Mann seinen Kopf zum Fenster, das Aussicht auf den Garten mit Teich und Springbrunnen bietet. Aus diesem Born des Lebens plätschert, sehr demonstrativ, nur noch ein armseliger Wasserstrahl auf ein Grüppchen von Plastikenten.

»Es ist so trübsinnig hier, trübsinnig«, hört Clarissa ihn murmeln. Es ist nicht klar, ob er laut mit sich selbst spricht oder sich seiner Frau mitteilen will. Die sagt nichts, ihre Köperhaltung kann als zustimmende Antwort angesehen werden, die hängenden Schultern, ein von Enttäuschung gezeichnetes Gesicht. Der gelbe Mann führt die Krokette zum Mund, und zwischen den Bissen wiederholt er sein Lamento über den Trübsinn. Plötzlich fängt er an, an seiner Hose herumzuzupfen, »hier sitzt was nicht richtig.« Er steht auf, öffnet den

Knopf und reißt den Hosenschlitz auf. Joris stößt Clarissa an. »Guck, Mama!« Die legt ihre Hand auf seinen Arm. Inzwischen hängt die Hose in den Kniekehlen, und Schläuche werden sichtbar, die mit blauem Tape an einen behaarten Oberschenkel geklebt sind, einer von ihnen führt direkt in den Urinbeutel. Die Ehefrau erwacht auf der Stelle zum Leben und schaut verdattert in die Runde und nach oben, vielleicht in der Hoffnung, daß da so ein gelber Krankenhausvorhang an einer u-förmigen Schiene hängt, mit dem sie ihren halbnackten Mann den Blicken entziehen könnte. »Ach nein, ach nein«, bettelt sie leise. Ihre Worte haben keinerlei Wirkung, der Mann bleibt stehen, sein verschrumpeltes Geschlecht baumelt über dem Rest der Krokette. Die Leute, die zwischen den Tischen zum Buffet gehen, machen eine erschrockene Bewegung seitwärts und wenden sehr nachdrücklich den Kopf ab, um so schnell wie möglich vorbei zu kommen. Der Mann hat gerade erst angefangen, er schnappt sich den blauen Schlauch und versucht, ihn von seinem Penis zu ziehen. Neben ihr beginnt Joris leise zu kichern, es wird lauter und lauter und geht in ein schallendes Gelächter über.

Für Joris ist dieses Duo nur zwei rote Plastiknasen von einem Auftritt der Klinikclowns entfernt, den professionellen Spaßmachern, denen sie gewöhnlich auf dem Flur begegnen, wo die in Pluderhosen gesteckten Lachmuskelspezialisten den ganzen Tag hinter Patienten herumhopsen und sie mit weißen Handschuhen festhalten und nicht eher loslassen, bis sich ihre Mundwinkel nach oben gezogen haben. Clarissa hat in diesen

Krankenhausmauern noch nie ein so befreiendes Gelächter gehört wie das, das jetzt aus Joris' Bauch heraufsteigt.

Das war es wieder einmal, und Clarissa fährt mit Joris auf dem Gepäckträger nach Hause, seine Arme hängen jetzt wie schlaffe Flügel herab. Frische Luft kann nicht schaden, in zwei Stunden wird das große Erbrechen losgehen. Im grellen Sommerlicht stehen sie an einer roten Ampel, mit ihnen viele Autos und andere Radfahrer, die am Asphalt festgeklebt zu sein scheinen, weil sich ein Krankenwagen mit heulender Sirene nähert. Von ganz weit oben über der Kreuzung wirbeln im Sonnenlicht gebündelte Staubpartikel auf sie herab. Der Krankenwagen rast in hohem Tempo um die Kurve, in der Ferne hört Clarissa Polizeiautos jaulen wie Hunde auf der Blutspur. Scherbengeklirr läßt sie aufschrecken, auf dem Bürgersteig geht ein Mann in die Knie. Schmuddelklamotten und ein pockennarbiges Gesicht. So direkt von vorne gesehen, verbergen sich seine Unterschenkel und Schuhe hinter den Oberschenkeln, und er sieht aus wie ein Liliputaner mit ganz langen Armen, mit denen er den Boden der Plastiktüte befühlt, die vor ihm auf dem Gehweg steht. Der Fleck, der sich da ausbreitet, wird von den Gehwegplatten gierig aufgesogen. Fluchend zieht er die Scherben aus der Tüte, und schließlich kommt das Unterteil einer bis eben wohl noch vollen Schnapsflasche zum Vorschein. Der Mann tobt, dann setzt er den zerbrochenen Flaschenrand an den Mund, um die letzte Neige auszusüffeln. Jetzt ist alles rot, die Ampel und die Finger und Lippen des Mannes, als hätte er gerade Brombeeren gepflückt und gegessen. Joris fragt, was der Mann da macht.

Sie zuckt die Achseln. »Was meinst du, was er da macht?«

»Komisch.«

Clarissa verflucht diesen Idioten mit seiner zersplitterten Flasche und die sexistische Bikini-Mode an den Wartehäuschen der städtischen Bushaltestellen; es kann nicht gut für Joris sein, in seiner Situation mit allzuviel Kram und Fehlschlägen konfrontiert zu werden. Klar, hell, rein, frisch, alles, was nach Saubermachen aussieht, findet hier nicht statt. In der staubigen Hitze vor der Ampel sehnt sich Clarissa nach der Ackerlandschaft ihrer Jugend, die nicht von menschlichem Elend gezeichnet ist, sondern von dem unaufhaltsamen Reifen der Saaten und den vorübertreibenden Wolken und deren Schatten, die übers Land ziehen. Alles hält mit Mond und Sternen Schritt. Zu dieser Tageszeit würde man da keinen Stau von im Schrittempo fahrenden Autos sehen, sondern Milchvieh, das als Zeichen dafür, daß es auf fünf zugeht, in langer Reihe Richtung Stall trottet. Der Tod zeigt sich hier gelassen und friedvoll. Meist in Form eines Schafes oder einer Kuh, die an der Einfahrt des Bauernhofes auf dem Kadaverwagen warten, sie liegen da, vier Beine steif in der Luft gereckt, als seien sie gerade vom Himmel gefallen.

Es ist ein verhangener Tag, der Himmel hat die Farbe von Grießbrei, und die Straßenbäume winken mit grauen Blättern. Clarissa versucht sich hinter geschlossenen Augenlidern an die Aureolen aus Blattgold zu erinnern, Marias Umhang, tiefblau wie der Abendhimmel nach einem heißen Sommertag. Sie ist auf dem Weg zum Supermarkt. Lachs, Reis, Butterkuchen und Buttermilch, das ist die einzige Nahrung, die Joris die nächsten Tage vertragen wird. Heute morgen hat sie in der Zeitung gelesen, daß Physiker, die im längsten Versuch der Welt das Tropfverhalten von Pech untersuchen, nach 69 Jahren Geduld endlich einen Tropfen aus dem Trichter haben fallen sehen und daß der lang ersehnte Moment auf Film festgehalten wurde. Letzteres war nicht ganz so einfach. Ein früherer Tropfen, der ebenfalls Jahre gebraucht hat, um sich zu bilden und dann mindestens genauso lange in der Tülle hängengeblieben war, fiel genau in dem Moment, als die Kamerabatterie leer war. Die Nachricht fasziniert sie, das träge Anschwellen und Schwererwerden des Tropfens und vor allem, wie er es verstand, seinen Fall aufzuschieben.

Nach zwei Tagen kann der schwarze Eimer wieder in den Schuppen zurück. Joris, ihm ist hundeelend, liegt nach jeder Behandlung mit hervorquellenden Augen durchs Galleerbrechen, was ihn in Wellen überkommt, auf dem blauen Sofa, sie muß ihn dabei festhalten, weil er sonst runterrollt. Zwischen den Attacken rührt er sich nicht, weil er keine Kraft zum Schreien hat und keine Feuchtigkeit mehr für Tränen. Für alles gibt es ein Gegengift, aber diese Mittel sind nicht unbedenklich, in kleinen Buchstaben auf dem Beipackzettel des Anti-Brechmittels ist davon die Rede, daß epileptische Anfälle nichts Ungewöhnliches sind. Dann Erbrechen, endloses Erbrechen. Der Umschwung kündigt sich jedes Mal mit einem unerklärlichen und starken Verlangen nach Lachs an, egal zu welcher Tageszeit. Auch dieses Mal bittet Joris mit rot unterlaufenen Augen um sein Aufbaumenü. Es geht auf Mitternacht, und Clarissa erblickt im Küchenfenster eine Frau; das Lampenlicht fällt in einem gelben Kegel auf sie, und dieses Gewicht scheint ihre Schultern nach unten zu drücken. Die Frau im Fenster könnte eine ältere Schwester oder sogar ihre Mutter sein. Clarissa streckt den Rücken und tritt aus dem Licht.

Sie preßt ihre Nase ans Glas, draußen ist alles in Finsternis getaucht, auch der Weihnachtsbaum, den sie nach erwiesenem Dienst wieder im Garten eingepflanzt hat, aber der weigert sich, zum Neustart anzusetzen. In den umliegenden Häusern ist es dunkel, nur im Haus der neuen Nachbarn brennt Licht. Polnisch sprechende Männer hatten den alten Anbau mit Preßlufthämmern abgerissen. Ihre Arbeit hatte etwas Trübseliges, die Wortfetzen, die sie sich zuschrieen und ihre mit weißem Staub bedeckten Gesichter, die dumpfen Hammerschläge, mit denen sie der alten Küchenwand zu Leibe rückten. Auch die Kastanie mußte dran glauben, eine kreischende Säge und splitterndes Holz, Äste, die in zusammengeschnürten Bündeln auf der Gasse abtransportiert wurden. Joris hatte das Schicksal des Baumes traurig gemacht, er hatte leise um ihn geweint. Tagelang hatte das Taubenpärchen, das seit Jahren in diesem Baum nistete, verloren in der Dachrinne gesessen. Danach wurde eine Glasfront über die ganze Länge der hinteren Fassade aufgebaut, die Familie war eingezogen, und nun hieß es warten auf die maßgeschneiderten Vorhänge. Bis dahin vollzog sich das Familienleben in einem Schaufenster. Alles auf der anderen Seite des Zauns zeugte von einem neuen Anfang; die glänzende Zitruspresse aus Stahl und die zahllosen orangenfarbenen Kugeln, die damit ausgequetscht wurden, die verchromte Kochinsel und der White-Wash-Küchentisch, vor allem aber die schneeweißen Bademäntel, in denen die drei Familienmitglieder – Vater, Mutter und blondes Kleinkind – jeden Morgen durch die Küche scharwenzelten. Das Frottee-Outfit einer gesunden und wachsenden Familie, denn unter dem Gürtel der Frau zeichnete sich eine kleine Wölbung ab, das zweite Kind war unterwegs.

Clarissa wühlt in einer Küchenschublade herum, sie stellt die Bratpfanne auf den Herd, zündet das Gas an. Der weiße Butterklumpen schmilzt zu einer gelben Pfütze zusammen, in die sie mit beiden Händen das Lachsstück hineingleiten läßt. Ohne einen weiteren

Handschlag schaut sie zu, wie sich der Fisch ganz allmählich von orange nach rosa verfärbt, und plötzlich fällt ihr auf, daß die Lachsscheibe die Form eines Herzens hat. Verängstigt greift sie an ihre linke Brust, für einen Moment geht sie todsicher davon aus, daß es ihr Herz ist, das zitternd vor Angst in der Bratpfanne liegt. Außer dem Zischen des Gases und Brutzeln des ängstlichen Herzens in der Pfanne ist es totenstill im Haus. Joris liegt oben im Bett und wartet geduldig auf sein Kraftfutter. Clarissa nimmt die Pfanne vom Gas und schwenkt sie leicht über der Flamme hin und her. Dieses Essen muß mit größter Sorgfalt zubereitet werden. Das Herz ist jetzt altrosa und schwillt immer mehr an, bis es an den Rändern platzt und Angst und Liebe in Form von schwabbeligem weißem Fett heraustropfen.

Regnerisches Wetter in einem fast menschenleeren Vergnügungspark. In der Ferne wird eine thailändische Pagode an einem mechanischen Arm hoch über die Bäume gehoben. Joris trampelt wie Hanns Guck-in-die-Luft durch alle Pfützen, seine Schuhe und Socken sind im Handumdrehen patschnaß. Der Anton-Pieck-Märchenplatz glänzt vor Feuchtigkeit, ein Kind im Poncho besteigt auf einem Karussell ein Holzpferdchen, die Eltern stehen dabei, beide tief unter Regenschirmen zusammengekrümmt. Heute klingt die Karussellmusik ganz anders als an einem sonnigen Tag, der Süßwarenstand *In den oude suikerbol* und auch die Pfannkuchenbude machen schlechte Geschäfte. Joris ist zum ersten Mal hier und scheint sich am Regen überhaupt nicht zu stören. Das Wetter hat auch einen Vorteil: Die Absperrgitter vor den beliebten Attraktionen stehen nur der Form halber da, sie dürfen gleich eintreten.

Clarissa spürt, wie Joris entschlossen nach ihrer Hand faßt und sie mitzieht. Augenblicke später sitzen sie nebeneinander in einem Zweipersonenwagen, der mit zwanzig anderen einen Zug bildet. Dieser wird kurz darauf über laut klappernde Holzschienen in den Himmel hinaufgezogen. Als sie den höchsten Punkt erreicht haben, bleibt für einen kurzen Moment ein schöner Ausblick auf die Baumwipfel und die naßgeregneten Attraktionen, Joris strahlt, er zeigt nicht den leisesten Anflug von Angst. Clarissa dreht sich allein schon beim Anblick des gewundenen Parcours, der sie in der Tiefe erwartet, der Magen um. Gleich danach sausen sie in einem Todessturz nach unten, vorbei an dem Drachen, der ihnen Rauchwolken ins Gesicht bläst, Clarissa muß sich sehr beherrschen, um sich nicht zu übergeben. Neben ihr kreischt Joris vor Vergnügen und kneift ihr kräftig in die Hand. Ihr Körper leistet heftigen Widerstand, und statt sich einfach in die scharfen Kurven zu legen, zieht es ihn in die andere Richtung; trotz des Gurtes ist sie überzeugt, daß sie jeden Moment aus dem Waggon geschleudert werden kann. Immer wieder macht sie sich stocksteif, wo sie besser mitfedern sollte. Diese anderthalb Minuten kommen ihr wie eine halbe Stunde vor, in der sie um ihr Leben kämpft, selbst wenn sie geradeaus einen Tunnel durchqueren. Joris will noch einmal, aber Clarissa kann nicht, alles Blut ist aus ihrem Gesicht gewichen, und sie muß sich an einem Zaun festklammern. Von unten sieht sie Joris in dem Zug aus Holzwägelchen nach oben kraxeln, in allen anderen sitzen zwei Personen. Der leere Platz neben Joris läßt seine Silhouette unerträglich einsam erscheinen.

»Es war einmal eine Witwe, die nie ohne die Umhängetasche, in der sie den Gipsabdruck der Hand ihres verstorbenen Mannes aufbewahrte, aus dem Haus ging.« Das könnte der Anfang eines Märchens sein, aber es ist eine Anekdote aus einer Biographie des Dichters Willem Bilderdijk. Clarissa sieht es vor sich, wie die Frau die Gipshand als Verlängerung gebraucht, zum Beispiel, wenn es sie am Rücken juckt, wo sie mit den eigenen Fingern einfach nicht hinlangt. Oder vielleicht würde sie den Abguß wie eine Prothese in den Ärmel stecken und damit jemandem die Hand schütteln? Möglicherweise findet sie Trost darin, diese kalte Hand stundenlang festzuhalten, wie sie in vergangenen Tagen die warme Version beim Spaziergang durch den Park ergriffen hat. Oder sie streichelt sich mit den harten Fingern über die Wangen, wie ihr Mann das aus einer zärtlichen Anwandlung heraus manchmal getan hat. Vielleicht ist das Gewicht, das die ganze Zeit an ihrer Schulter zerrt, ein stiller Protest gegen seine Abwesenheit.

Wurde früher das Ende in Gips festgehalten, Totenmasken und Abgüsse von Händen und Füßen, geht es heutzutage um den Beginn. Unter Hochschwangeren ist es Mode, den Bauch in Gips zu verewigen, und bei Wochenbettbesuchen wird ein Gipsabdruck-Bilderrahmen mitgebracht, in dem eine Abformung des Händchens oder der Fußsohle von Neugeborenen verewigt werden kann. Auch Joris' linke Fußsohle ist in einen solchen kalten Brei gedrückt worden, nur für einen Moment, aber lange genug, um ihn herzzerreißend weinen zu lassen. Die Tafel mit seinem erstarrten Abdruck steht nun als unumstößlicher Beweis für seine Ausgangsgröße im Schrank. Sie wartet dort darauf, daß Clarissa sie später einmal herausnehmen wird, um sie zusammen mit Joris neben seine großen Füße zu halten und sich über den Unterschied zu wundern.

Mit einem Zischen startet die Leuchtrakete aus der Sektflasche, verschwindet für einige Sekunden im Dunkel, um sich hoch oben über den Dächern noch einmal kurz zu zeigen, wo sie nach dem Zerplatzen die Form einer Blume annimmt; violette und orangefarbene Blätter fallen zurück in den Garten hinterm Haus. Es sieht aus wie Silvester, aber es gibt keine Oliebollen und auch nicht das übliche Geknalle. Es ist die einzige Rakete, die heute abend abgeschossen wird. Hinter den Glasfronten des Wintergartens schauen die Freunde und ihre Kinder zu und feiern miteinander, daß die Giftkur vorbei ist. Vor einer Woche hat Joris das letzte offene Kästchen angekreuzt und dann den schwarzen Eimer rituell zerstört, indem er solange darauf herumgesprungen ist, bis er einen Riß bekam. Die letzten Funken sind inzwischen verloschen, und die Leute hinter den Fensterscheiben nehmen ihre Gespräche wieder auf. Clarissa bleibt mit Joris draußen. Es ist kalt an der frischen Luft, sie sieht, wie er die Schultern hochzieht und erschauert, sie drückt ihn an sich und bedeckt ihn mit den Schößen ihres Mantels, nur sein Kopf ragt noch hervor.

Es ist, als ob sie hier im Garten mit dieser Leuchtrakete noch einmal sein Leben ankündigen, wie sie es bei seiner Geburt mit einem Bildchen getan haben. Ein japanischer Holzschnitt, *Feuerwerk über der Ryogoku-Brücke* von Utagawa Hiroshige, eine nächtliche Szene mit einer Brücke über einem Fluß, ein Druck mit überwiegend indigo- und ultramarinblauen Tönen. In der Ferne schwebt eine schwarze Insel, es könnte eine Nebelbank oder ein Bambuswald sein. Der Fluß ist mit

Booten übersät, die mit orange leuchtenden Laternen geschmückt sind. Der Druck zeichnet den vollständigen Lebenslauf einer Rakete, die die Form einer Dompteurspeitsche hat, in einer ununterbrochenen, leuchtend gelben Linie nach. Im Moment des Abschusses ist die gelbe Linie dick und kerzengerade, aber je höher sie sich erhebt und steigt, desto dünner und weicher wird sie, bis sie am höchsten Punkt nach rechts biegt, wo sie wie das Flauschknäuel einer Pusteblume explodiert, woraus leuchtende, mit kleinen Sternen gefüllte Kugeln entstehen. Dann legt die Rakete ihre letzten Meter zurück, fällt schwankend zu Boden und erlischt.

Den rosa geschminkten Lippen der Ärztin sind keine Garantien zu entlocken. Nicht dran zu gewöhnen. Ein gutes Ende ist für die nächsten Jahre nicht in Sicht, sie tasten sich immer nur ein Stückchen voran, eine Anzahl Monate bis zur nächsten Kontrolle. Mit einem hellgrauen Bleistift ziehen sie seine Lebenslinie von Punkt zu Punkt, wie bei den Zahlenbildern in Joris' Malbüchern, Aufgaben, die aus numerierten Punkten bestehen, eine Zahlenreihe, die man in richtiger Reihenfolge verbinden muß, erst dann wird die eigentliche Idee dahinter erkennbar, dann stellt sich heraus, daß all diese kurzen Bleistiftstrichelchen einen Bären auf einem Fahrrad oder einen Zwerg auf einem Pilz darstellen.

Clarissa und Joris hocken am Ufer und krallen sich an den Grasbüscheln fest. Es ist Abend, die Farbe zieht sich langsam aus dem Land, nicht aber aus den Gräben. Stahlblaue Streifen durchschneiden das Land, unermeßlich tief, weil sich der Himmel darin spiegelt. Joris hat ein Einmachglas zwischen die Beine geklemmt, er läßt seine Kaulquappen frei. Clarissa schaut zu ihm und auf das stille Wasser, in dem sich Wolkenschatten erst schneeweiß waschen, ehe sie wieder als dunkle Flecken ans Ufer kriechen. Wer sich etwas zu weit nach vorne beugt, läuft Gefahr, in Richtung Mond zu stürzen, der wie eine blonde Wimper am Himmel steht und sich haargenau im Wasser doppelt. Es hat im Laufe der Jahre jede Menge Verzweifelte gegeben, die diesen Untergang absichtlich mit Steinen in den Taschen und ohne die Absicht, jemals wieder aufzutauchen, herbeigeführt haben. Gesegneteres Wasser als dieses gibt es nicht, denn es weiß alles von Leben und Tod, von Himmel und Hölle. Sie schaut zu Joris, sehr zögerlich wächst ein Fläumchen an seinen Augenlidern und über den Augen, ein weißer Ansatz zu Wimpern und Augenbrauen, die aus seinem Gesicht etwas Engelhaftes machen. Er kippt sein Weckglas entschlossen aus, die Kaulquappen haben jetzt außer einem Schwanz auch Hinterbeine und schwimmen mit kräftigem Beinausschlag in die blaue Tiefe, als hätten sie es die ganze Zeit gewußt, daß sie nicht in dieses Einmachglas gehören, daß sie für eine höhere Bestimmung ausersehen sind. Clarissa formt ihre linke Hand zu einem Schälchen und schöpft damit ein wenig Grabenwasser. Mit den Fingerspitzen der anderen Hand läßt sie ein paar Tropfen über Joris' Stirn perlen; der sieht sie erstaunt an.

Als die ersten knisternden Herbstblätter wie gelbes Konfetti über den Bordsteinkanten verstreut liegen, stirbt der alte Joris im Schlaf. Es folgt eine einfache Beerdigung unter dem blau gestrichenen Gewölbe einer Kirche auf einer friesischen Warft. Viele Tote passen in den Sarg, der hineingetragen wird, jeder denkt sich seinen eigenen hinein. Auf den feierlichen Einzug folgt das zeremonielle Gewusel der Träger, die versuchen, den schweren Sarg ohne allzu große Erschütterung auf dem Sockel abzustellen. Clarissa hat das unbestimmte Gefühl, daß hier heute etwas zurechtgerückt wird.

An genau derselben Stelle hat der alte Joris vor siebzig Jahren stolz und selbstbewußt gestanden, um seiner künftigen Frau das Jawort zu geben. Dieser Kreis hat sich geschlossen; seine Frau ruht seit Jahren auf der anderen Seite der Mauer unter einem Stein, dessen untere Hälfte für ihn reserviert ist. Clarissa hält es für sehr wahrscheinlich, daß er an jenem Hochzeitstag – sparsam, wie er gelebt hat – die gleichen glänzenden Schuhe getragen hat wie diejenigen, die jetzt an seinen steifgewordenen Füßen sitzen; einmal ausgewachsene Füße brauchten nur noch ein Paar gute »Sonntagsschuhe« im Schrank. Die Kirchenbänke sind gerade mal zur Hälfte mit grauen Leuten und Pflegepersonal aus dem Heim besetzt, die meisten seiner Familie und seiner Freunde sind schon lange tot. Während des Gottesdienstes wird »sein« Name fortwährend auf der Kanzel genannt. Er aber sitzt sicher zu Hause, sie will ihn nicht hier in diesem Epizentrum des Todes haben, bei diesen tränenüberströmten Gesichtern und am Rande eines frisch ausgehobenen Grabes. Zu Ehren und zum Ruhme seines alten Großvaters hat Joris an diesem Morgen mit Clarissas rotem Lippenstift eine Stammesbemalung auf seinem Gesicht angebracht. Vor dem Spiegel sitzend hat er einen roten Punkt hoch oben auf die Stirn gemalt und von dort aus eine Linie über die gesamte Länge seines Gesichts gezogen, über den Nasenrücken bis ganz nach unten zum Kinn. Mit zwei horizontalen Streifen hat er sein Gesicht in sechs Bereiche oder sechs abstrakte Scherben aufgeteilt, wenn man seine wäßrigen Augen und das frische Flachshaar mitrechnet. Das beeilt sich, den ganzen Kopf zu bedekken, aber Glanz besitzt es noch nicht, es steht senkrecht nach oben, als wäre es statisch aufgeladen. Vielleicht hat es mit dem leuchtenden Rot des Lippenstifts zu tun, der in so starkem Kontrast zu seinem weißen Gesicht steht, daß Clarissa es sogar noch blasser als das des alten Joris im Mahagonisarg in Erinnerung hat.

In aller Frühe hat Clarissa mit Joris den Zug nach Gent genommen. Er kringelt in einem Buch etwas ein, die Zungenspitze zwischen den Lippen. Er sucht nach zehn Unterschieden in zwei auf den ersten Blick scheinbar völlig identischen Bildern. Sie kann ihn lange anschauen, seine Augenbrauen und Wimpern, die schwarz sind wie mit Wimperntusche gefärbt. Sein Haar ist jetzt lang genug, um der Schwerkraft wieder zu gehorchen. Locken, glänzend und blond wie reife Getreidehalme, werfen Schatten auf seine Stirn und bedecken seine Ohren. In der Schule hat die Lehrerin vor kurzem eine Nisse auf seinem Schopf gefunden, eine Premiere, die mit Kuchen gefeiert wurde. An Joris entlanggleitend kommt ihr Blick nicht weiter als bis zum Fenster, wo sie auf ihr Spiegelbild stößt, ein langgezogener Kopf, der durch eine Wäschemangel gedreht wurde. Sie schaut lieber auf die Welt hinter dem Glas, auf die sumpfigen Ländereien, wo der Schnee gerade erst geschmolzen ist. Blütenweiße Flecken sind über das schwarze Feld verteilt, und wenn sie mit zusammengekniffenen Lidern durch die Wimpern blinzelt, scheint das Land mit abgestürzten Schwänen übersät zu sein.

Irgendwo auf der Welt hat es schon mal Frösche oder Fische geregnet, die von einer Wasserhose aus einem See gesaugt und hoch in die Atmosphäre geblasen wurden, um dann kilometerweit entfernt herabzustürzen, biblische Szenen mit zappelnden Fischen auf der Straße und in den Büschen. Wenn es irgendwo Frösche regnete, warum sollte es dann hier keine Schwäne schneien können? Die weißen Flecken auf dem Land sind die allerletzten, hartnäckigsten Reste an Schnee, die in den tieferen Lagen, am Ufer und in Kuhlen und Furchen, noch gefroren sind.

Der Zug vermindert vor dem nächsten Bahnhof seine Fahrt, und direkt neben dem Gleis taucht wieder ein weißer Fleck auf. Clarissa springt hoch, diesmal ist es tatsächlich ein toter Schwan. Ihr Blick wandert von dem Tier zur Notbremse, sie erinnert sich beizeiten, daß die nicht für Wunder gedacht ist. »Joris, ein richtiger Schwan!« Sie ruft es mit Entzücken. Sie drückt ihre Nase ans Glas, der große Vogel ist bäuchlings auf der Erde gelandet. Beide Flügel nach oben ausgebreitet, der lange Hals anmutig in Form eines Fragezeichens gebogen. Schneeweiß liegt er da, es sieht aus, als schlafe er nur und könne jeden Augenblick erwachen, um mit schwerem Flügelschlag aufzusteigen und dort oben im Himmelsblau wieder ganz leicht zu werden.

Sie hat Joris gelockt, indem sie von belgischer Schokolade schwärmte; daß sie ein weltberühmtes Kunstwerk besichtigen wollen, ist für ihn nur Nebensache. Ihm ist versprochen worden, daß er sich gleich Pralinen aussuchen darf, die sie sich beim Betreten des Heiligtums wie eine Hostie auf die Zunge legen werden. Katholiken mögen den Leib Christi mit einem trockenen Weizenplätzchen ehren, sie werden das mit einer sahnigen Praline machen. Joris muß sowieso zunehmen. In Gent angekommen, schlendern sie zunächst durch die Einkaufsstraßen, die rund um die St.-Bavo-Kathedrale liegen.

Mit einer Schachtel Pralinen bewaffnet stehen sie wenig später vor den hohen Kirchentüren. Im Inneren gehen sie über einen Boden, der aus Grabplatten besteht, stumpf und matt, als würden sie über schwarzes Wachs laufen. Wie eine Gruppe japanischer Touristen folgen Joris und Clarissa den Pfeilen in Richtung des Meisterwerks, das sicher in einer gemauerten Klause verwahrt wird. Der Altar mit seinen aufklappbaren Teilen wurde früher nur an heiligen Tagen geöffnet. Die anderen Monate blieb er geschlossen wie ein zugeschlagenes Buch mit einem schlichten Einband; nur sittsame Szenen hauptsächlich in Grautönen gemalt. An den wenigen heiligen Tagen, an denen das *Lamm Gottes* sein farbenfrohes Inneres zeigte, muß eine lange Menschenschlange bis weit nach draußen auf den Platz gestanden haben. Jetzt, da der Altar ständig hinter vor Vandalismus schützendem Glas geöffnet ist, geht dieser Zauber verloren.

Es ist eiskalt im nackten Mauerwerk, die Besucher

atmen Wölkchen aus, und der Aufseher hat Reif an den Wimpern. Mit seinen durch die Kälte erstarrten Fingern verteilt er Kopfhörer und Broschüren. Er trägt Skihosen; wer wie Clarissa keinen Audioguide wünscht, hört bei jeder seiner Bewegungen, wie seine Hosenbeine aus gepolstertem Polyester aneinander reiben. Aug in Aug mit dem Zinnoberrot von Gottes Gewand schmeckt sie das Bittere und Süße der Schokolade auf der Zunge. Sie hört, wie Joris neben ihr schmatzt, er zwängt seine kalte Hand in die ihre. Sie schaut nach dem Lamm. Aus der Wunde in seiner wolligen Brust fließt das Blut so kräftig, daß es in hohem Bogen in einen Kelch strömt. Es dauert nicht mehr lange, bis der überlaufen wird, die ersten roten Spritzer sind bereits auf dem weißen Altartuch gelandet. Das Bluten scheint dem Lamm nichts auszumachen, es hat mit seiner Auferstehung begonnen, gestärkt durch den Segen, den es von der weißen Taube direkt über sich erhält. Der Vogel ist in einem Kreis aus goldgelbem Lichtschein gefangen, seine Flügel weit auseinandergespreizt wie die eines zum Sturzflug auf seine Beute ansetzenden Bussards. Clarissa nimmt Joris auf den Arm, damit er auf Augenhöhe mit dem Lamm und näher zur Taube kommt, deren zitternde Flügel das göttliche Licht brechen, das wie ein lumineszierender Regen aus den Flügelspitzen strömt und auf das Lamm herabfällt, über die Engel und die Anbeter, aber jetzt auch ein bißchen über Joris, der sich, umringt von einer Gruppe Japaner, so viele Pralinen wie möglich auf einmal in den Mund schiebt und mit braun beschmierten Lippen Clarissa breit angrinst.

Die Originalausgabe, *Het lam,* erschien 2013

First published by Uitgeverij Van Oorschot
Published by special arrangement with
Uitgeverij Van Oorschot in conjunction with
their duly appointed agent 2 Seas Literary Agency.

This publication has been made possible with financial
support from the Dutch Foundation for Literature.
Wir danken der niederländischen Literatur-Stiftung
für die Förderung der Übersetzung.

Nederlands letterenfonds
dutch foundation
for literature


Beethovenplatz 4, 53115 Bonn
www.weidle-verlag.de
Lektorat: Stefan Weidle
Korrektur: Carlotta Seuthe

Gestaltung, Satz, Einband unter Verwendung
eines Details aus dem Genter Altar von Jan van Eyck
(Saint-Bavo's Cathedral, www.artinflanders.be,
photo Dominique Provost): Friedrich Forssman
Schrift: Bressay
Druck: Ph. Reinheimer GmbH, Darmstadt
Bindung: Schaumann, Darmstadt

Die Deutsche Bibliothek – CIP-Einheitsaufnahme
Ein Titeldatensatz für diese Publikation ist bei
Der Deutschen Nationalbibliothek erhältlich.
Dieses Buch wurde klimaneutral gedruckt.
natureOffice.com | DE-077-134232
978-3-949441-06-6